iHuman

成为更好的人

三种爱

勃朗宁夫人、狄金森与乔治·桑

Love for Life
Elizabeth Browning, Emily Dickinson and George Sand

张翎 著

广西师范大学出版社
·桂林·

三种爱
SAN ZHONG AI

出 品 人：刘春荣
责任编辑：王辰旭
助理编辑：黄　芳
特约编辑：余慧敏
营销统筹：张　帅
营销编辑：张丹妮
责任技编：郭　鹏
封面设计：好谢翔
内文版式：人马艺术设计·储平

图书在版编目（CIP）数据

三种爱：勃朗宁夫人、狄金森与乔治·桑 / 张翎著. —桂林：广西师范大学出版社，2020.3
ISBN 978-7-5598-2607-7

Ⅰ．①三… Ⅱ．①张… Ⅲ．①散文集－中国－当代 Ⅳ．①I267

中国版本图书馆 CIP 数据核字（2020）第 025534 号

广西师范大学出版社出版发行

（广西桂林市五里店路9号　邮政编码：541004）
网址：http://www.bbtpress.com
出版人：黄轩庄
全国新华书店经销
广西广大印务有限责任公司印刷
（桂林市临桂区秧塘工业园西城大道北侧广西师范大学出版社集团有限公司创意产业园内　邮政编码：541199）
开本：787 mm × 1 092 mm　1/32
印张：8.25　　　字数：180 千
2020 年 3 月第 1 版　　2020 年 3 月第 1 次印刷
定价：58.00 元
如发现印装质量问题，影响阅读，请与出版社发行部门联系调换。

那些年

那些惊世骇俗的女子（代序）

  小说写得久了，我的大多数熟人朋友都理所当然地以为我毕业于某某学院的中文系。少数几位真正了解我背景的，在向他们的朋友介绍我时，则会说我毕业于复旦大学的"外语系"。每当此时，我总会不厌其烦地纠正他们：是"外文系"不是"外语系"。"语"和"文"在别人看来只是皮毛级别上的一字之差，不值得一个头脑正常的人为此纠结。但对我来说，这一字之差的背后，是一个巨大的观念差别。实用主义者已经把一门语言从它蕴含的人文背景里剥离开来，把它制作成一样简单的劳动或贸易工具。对那种"外国语是××武器"的说法，我实在不敢苟同。我忍不住要为此发出点类似于婴儿不适时发出的嘤嘤声——那是我的微弱抗议，即使我的声音听起来微不足道，甚至有那么一点矫情。

  多年前我考入的那个学科，全称是"复旦大学外文系英美语言文学专业"。进入外文系是一个纠结痛苦的决定,至少在当时。不,准确地说,那都不能叫作决定,因为在权衡的过程中,我起的作用远非是决定性的。报考外文系,是许多考量因素相互碰撞之后形成的一个妥协。当时"文革"刚过去三年,记忆的阴影还紧紧尾随着我们。我父母跟其他人的父母没有太大差别——都希望能以自己的人生经验为鉴,替子女设计一条远离灾祸的太平安稳道路。在那个年代,所有的大学毕业生都由国家包管分配,工龄相同的毕业生薪酬没有差别,所以收入多寡并不在父母们的考虑范围。我那一生胆小谨慎却没有因此受益的父母,坚定不移地相信从医是我的最好选择,因为无论在什么年代,人总会生病,医生在刀光剑影里也能安然生存。向来乖巧听话的我,在那一刻却有了一丝至死不从的决心。我想象中的高考志愿表上,每一个空格里填的,都应该是中文系。双方经过一个顽强的僵持阶段之后,最终得出了一个并不兴奋却都能接受的折中方案:我不考医学院,也不考中文系,而是用我自学了数年的英文基础,去冲击外文系的大门。

命运给我的嘲讽很多,其中之一就是,为了谋生,我后来还是成了一名听力康复医师——那是多年之后发生在另一个大陆的事。

我就这样阴差阳错地进入了复旦大学的外文系,像个被逼着嫁了个次等丈夫的女子,多少有点无精打采。在外文系就读的最初日子里,我内心有着强烈的挫败感——为尚未展开就已夭折的文学梦,为置身于一群见过世面的上海同学而产生的自卑情结。兴奋点被真正点燃,是在第二个学年,当基础语言培训阶段结束,课程逐步向文学倾斜的时候。那个年代的外文系,课程设置环环相扣,相当细致全面。除了专业英美文学的必修和选修课,还有古代汉语、现代汉语、哲学、欧洲文学史课,骆玉明、丰华瞻、索天章、葛传槼等诸位先生,都曾经是任课或讲座课的老师。他们别具一格的授课风格,在我记忆中烙下永久印记。我的大学时代,原版英文资讯非常贫瘠,学生只能依赖从外文书店购买的纸质粗劣的影印本原著和文学史料(那时大家都毫无版权意识),以及学贯中西的老教授们的口授,渐渐进入一个由许多振聋发聩的名字组成的伟大文学传统。乔叟、弥尔顿、莎士比亚、狄更斯、哈代、巴尔扎克、雨果、霍桑、惠特曼……他们都是清一色的男人。我在这一串熠熠生辉的名字中寻找女人,女人的名字是后来才出现的,稀少且彼此间隔遥远,正应了一句英文成语"few and far in between"。

女人的名字虽少且间隔遥远,但一旦出现,便带着响亮的不可复制的独特回声,立刻抓住了我的心。她们在文学史上炸开了一条狭小却深刻的沟壑,固若金汤的男人世界于是就有了裂缝。女人随时有可能掉落淹没在缝隙中,所以她们得奋力攀援,以求在男人的世界里立住身子,于是就有了各种奇闻逸事。比如那个带着女儿来到巴黎,用一根雪茄和一杆羽毛笔将半个法国文坛收编到她的男式马裤下,又让另外半个文坛用唾沫淹没自己的乔治·桑;还有那个与有妇之夫公开同居,使整个伦敦社交圈子避之如瘟疫,只能以男人笔名发表作品的乔治·艾略特;还有那个对每一个经过她生命的有头脑的男人写尽暧昧奉承之语却终身未嫁,生前没有署名发表过任何一首诗作,死后却被冠上和惠特曼、爱伦·坡齐名的"美国夜莺"之称的艾米莉·狄金森;还有那个连下楼梯都需要弟弟背抱,却胆敢以一场异国私奔在英国文坛上炸起一地飞尘的伊丽莎白·巴雷特·勃朗宁;还有那个让徐志摩惊若天人,在男人和女人的怀抱里轮番索取温暖却最终心怀寂寞地死去的曼殊菲儿……

这些女人在她们生活的年代,被归入有伤风化的圈子,大多处于声名狼藉的境地。即使依照今天相对宽松的社会标准,她们依旧是惊世骇俗的异类,但毫无疑问她们创造了历史。她们师承了男人们创造的文学传统，却没有中规中矩地行走在男人踩踏出来的道路上。她们从男人的源头走出来，走入了一个分支。这个分支渐行渐宽，渐行渐远，最后成为和源头相映生辉的另一条河流。假如从世界文学史的版图上抹去这条分支，河流将不再是河流——至少不再是完整的河流。

我必须承认，当年我对这些女作家情感经历的兴趣，远超过对她们文学价值的探究欲。我至今对自己几十年前的八卦精神毫无羞愧忏悔之心。正是对她们情感生活的追索，引领我一步步地走入她们的头脑和心智。其实，在那个男人一统文坛的世界里，女人的文采是不可能绕过男人而另辟蹊径的。把女人的文学史说成是女人与男人的关系史，尽管粗鲁残酷，令人难堪不安，但离真相本身并不算过于遥远。她们同时使用着脑子与身子，和男人的世界展开充满智慧与勇气的互动和博弈。她们被男人的才华刺激，同时也用自己的才华刺激男人；她们被男人的身体征服，同时也用自己的身体征服男人；她们被男人称霸的文坛钳制，同时也利用男人的声望和地位，甚至男人的笔名，悄然渗入瓦解并重塑男人的世界。用英国小说家、批评家普莱切特形容乔治·桑的一句话来概括这些女人，她们都是"有思想的胸脯"（thinking bosom）。有过她们，文学不可能再退回到没有她们的时候,一切都已经不同。

在和男人博弈的过程里,写书的女人创造了独属于自己的声音,情爱的,欲望的,文学的,社会的,政治的。她们在风花雪月的书写中,鲁莽地插入了对贫穷不公、性别差距、黑奴贸易、战争、独立等社会问题的见解,瓜分了惯常属于男性的话题。男人们一夜醒来,突然发觉那些他们一直以为是花瓶和饰物的女人,除了对诗歌的韵脚、小说的桥段略有所知,居然也懂得逻辑和哲思。男人的心情非常复杂——震惊,疑惑,赞叹,嫉妒,仇视,不屑……各种情绪纷沓而至,兼而有之。梦醒之后的男人迅速分化,有的成为女人最坚定的盟友,有的成为女人最坚定的敌人,有的冷眼静观事态的发展。分化的过程很长,一路延续至今。

对这些文学女子的好奇,引发了我想在她们的生活表层撕开一个缺口,借以窥视她们心灵真相的欲望。这个欲望由来已久,却因故迟迟未能付诸行动。直到几年前我辞去全职的听力康复医师职业,赢得了时间的支配权,才慢慢开始了对她们生命轨迹的漫长探索旅途。

这个旅途始于乔治·桑、艾米莉·狄金森和勃朗宁夫人。在动笔书写这本书之前,我都专程去过她们的故居——法国的诺昂镇，意大利的佛罗伦萨，美国麻省的艾默斯特镇。我在她们的卧室里凭窗站立，借她们曾经的视角，想象她们眼中曾经的世界。在她们的旧居，在她们身世的记录中，我惊异地发现了一个事实：远隔着大洋而居的女人们，一生中也许有机会见面，也许永远没有，但她们都知道彼此的存在，心里藏着一份惺惺相惜。勃朗宁夫人曾经以羸弱之躯，冒着感染致命肺炎的危险，在寒冬里穿越半个巴黎去寻找乔治·桑；艾米莉·狄金森卧室墙壁上挂着的唯一饰物，是勃朗宁夫人和乔治·艾略特的画像……原本素不相识的她们，从世界看待她们的目光中，认出了彼此是知音。在男人的世界里，她们是数目稀少却忠贞不渝的盟友。

在她们故居采风途中，我也曾探访过她们的墓地，在她们的棺椁或墓碑上留下了我的密语，有时是一张纸条，有时是一块石头。她们遗留在这个世界上的旧迹，使我漂浮在半空的灵感砰然落地。站在她们墓碑前，我感觉自己触摸到了她们的灵魂。我猜测着她们在今天的世界里会怎样生存。是略微容易一些？还是更为艰难？其实，疼痛没有可比性，艰难也是。前世有前世的龌龊、羞辱、辛苦、辉煌，今世有今世的。假如后世有人会想起今世的写作女人，能在今世写作女人的墓碑放上一块石头，如同我给前世写作女人摆上的那一块,已很奢侈。

离开她们墓地,我知道我的路还会持续下去,我还会走入曼殊菲儿、乔治·艾略特、弗吉尼亚·伍尔夫、简·奥斯汀等女作家的人生。在未来的日子里,我也会在她们的墓碑放上我的纸条,我的石头。

或许,还有我的书——关于她们的书。

张翎
2019年10月16日

目 录

伊丽莎白·巴雷特·勃朗宁
有一种力量叫罹病

_ 1 _

艾米莉·狄金森
有一种诞生叫死亡

_ 111 _

乔治·桑
有一种欢愉叫声名狼藉

_ 197 _

伊丽莎白·巴雷特·勃朗宁

有一种力量叫罹病

勃朗宁夫人少女时期画像,陈设于勃朗宁故居(如无特别说明,书中图片均为作者摄)

勃朗宁夫人晚年像,陈设于勃朗宁故居。这是她生前最后一张照片,摄于去世前一个月,时年五十五岁

勃朗宁故居会客厅

勃朗宁故居里陈设的这张躺椅式沙发，是勃朗宁夫人第一次接待勃朗宁先生时的坐椅。她与勃朗宁私奔至意大利后，将这件旧物漂洋过海运送至佛罗伦萨的居所

位于佛罗伦萨城外新教徒公墓的勃朗宁夫人棺椁,上面没有篆刻她的名字,只标注了她名字的缩写和去世年份

作者在勃朗宁故居桂荻居阳台上留影。勃朗宁夫人诗作中的许多内容，都来自这个阳台上看到的场景（何琨/摄）

1982—1983
上海
复旦大学外文系
通往勃朗宁夫人的路从这里开始

哦,时值四月,若置身于英格兰,
清晨醒来,在那里,不经意间,你看见
那低垂的树枝和浓密的灌木丛
绕着榆树枝干嫩芽郁葱,
苍头燕雀在果园的枝头鸣唱
就在此时——在英格兰!
四月之后,五月来临,
白喉雀筑巢,还有燕子!
听啊,篱边我的梨树繁花怒放
傍着田野,在首蓿草上
在压弯的枝头——带露的落英纷纷扬扬——
那聪慧的画眉鸟,把每支歌一唱再唱
生怕你觉得,它再也不能
捕获第一遍里无拘无束的狂欢!

尽管白露覆盖原野，一片苍凉，

当正午的太阳唤醒金凤花——孩子们的嫁妆

一切重展笑颜

——远比眼前这俗丽的甜瓜花鲜亮！[1]

女学生第一次读到了这首《海外乡思》的英文诗，是在复旦大学外文系的课堂上，诗人的名字是罗伯特·勃朗宁。后来她还会知道更多的关于这个诗人的事，他，还有他的妻子，一个叫伊丽莎白·巴雷特·勃朗宁的女子。这个女子也是诗人。

其实，真正让女学生好奇的，还不是他们的诗，而是他们传奇的爱情故事。这个故事在女学生上学的那个年代，听起来惊世骇俗。女学生小心地掩藏着对八卦的好奇，以诗歌的名义。

过完暑假，女学生从家乡返回校园时，感觉周围的空气在颤动，掠过她的皮肤时酥酥麻麻的，像棉花做的针。

女学生自小多病，体质很弱，这其实也是她从一开始就对伊丽莎白·勃朗宁着迷的原因。她和伊丽莎白·勃朗宁一样，都生活在一个崇尚体力和紫外线的世界，一直为

---

[1] 文中未注明译者处均为作者译。（如无特别说明，文中注释均为作者注）

自己病弱之体而自卑。每到秋天，衣服刚刚从短袖换成长袖，女学生就开始咳嗽。啄木鸟敲打树梆似的，咔咔咔咔，一直要到第二年树木爆出新枝的时节才会终结。女学生还患有严重的鼻炎。这个毛病让她顾不上斯文，无数次嘶溜嘶溜地擤着鼻涕，一堂课下来，因为懒得掏来掏去就一直放在课桌上的手绢湿得可以拧出水来。

但女学生知道，空气里面那些轻微的颤动，与她的咳嗽或者擤鼻涕的声响无关，只和她的心脏有关。整个暑假她都处于激动之中。她的心脏是精密仪器上那根极度敏感的指针，总是早于她自己，最先感受到她的激动。

她激动的原因是一门新课程：英国文学史。

秋天返校后，女学生升入四年级，枯燥的语言学习阶段结束了，从第三个学年开始，课程安排已经向文学方面倾斜。她再也不需要去背那些烦琐的特殊动词变位和语法规则，也不需要为自己略带家乡口音的英文发音难为情。前面几年，每一次被老师叫起来朗读课文，她都会紧张到肠胃痉挛。好了，现在好了，她再也不需要按照严格的规则和口令，在画着明晰界线的地盘里练习正步走了。在英文里，语法操练和军事训练都是同一个词：drill。她觉得那不是巧合，语法练习对她来说就是一种军事操练。现在她终于可以在一个没有明确口令和边界的天地里，以闲散一些的姿势走路，甚至散步了。

女学生不太喜欢那种把外语比作武器和工具的说法，因为她没想过用英文来打仗或者吵架——当然，这个吵架不包括恋爱中的那些小拌嘴。她也没想用英文来组装或者拆卸某种产地在国外的机器设备，她用不着把英文装在工具箱里带着行路。她更愿意把英文当成一扇门，她只是对那扇门里的景致好奇。很多年后，她还总是不厌其烦地纠正那些把她说成毕业于复旦大学"外语系"的人。是"外文系"，不是"外语系"。她认真地说。在别人看来，这两种说法的差别微乎其微，而在她看来，这中间隔着两个行星。

女学生上学的那个年代，天地刚刚开了一条缝。女学生是从南方一个小城考上来的，没去过什么地方，也没见过什么世面，所以她对什么事都一惊一乍，心智像毛孔粗大的海绵，不加选择地吸收恰巧从上面经过的所有水分，哪怕是毒素。

那个秋天让女学生激动的，不仅仅是一门新课，还有教这门课程的人。女学生早就听说了，教这门课的是一位新教授。准确地说，是一位新来的老教授，从前在复旦教过书，被"文革"耽搁在洛阳多年，现在又被作为特殊人才调回复旦。教授姓索，叫天章。女学生从没听过这样的姓，后来才知道他是旗人。女学生觉得这样的姓名组合很独特，她喜欢那种姓和名组合起来包含特殊意义的名字，她自己的姓名组合起来，就是"飞"的意思。女学生听说这位有着奇特名字的教授，是一位在英国文学的浩瀚海洋里浸润得很深的人，不是湿了身子的那种深，而是连头顶也见不着了的深，所以女学生整个暑假都在激动地期盼着开学。

终于等到开学，女学生带着一个装着秋冬换洗衣服的箱子，还有新一季的咳嗽和鼻涕，回到了校园。开学的第一个星期，她见到了期待已久的索天章教授。

他一点儿也不是她想象的样子。其实她也不知道他到底该是什么样子。女学生读的书有点杂，她把书里各种年代的人物混成一锅分不清原材料的汤——用今天的话来描述，就是她的脑子有点穿越。她有时觉得这位叫索天章的英国文学教授，应该是穿着下摆被风吹起来的长袍，腋下夹着一把桐油纸伞的样子——可能当年一幅流传很广的油画，给她留下了太深的烙印。有时，她又觉得他应该穿着挺括的西装，戴一副金丝边眼镜，有点像徐志摩，或者是某个场合的胡适。

很多年后的一个初夏下午，那个女学生——这时她早已不是女学生了——坐在自己位于多伦多东城的小书房里，看着窗外那棵被阳光晒白了的榆树，还有那些被风吹得纷纷扬扬的榆钱，回忆起她遥远的大学时代时，依稀还记得索天章教授第一次走进教室时的样子。外文系的小矮楼即使按当年的标准都不算排场，跟物理系的洋楼、中文系的红楼相比，简直寒酸。索天章进了那座小楼，往左一拐，走入一楼的一个小教室。教室里坐着二十多名学生——这是两个小班的合并。这样的小班设置，是为了让学生有更多的机会练习口语。女学生到今天都还会感叹那个贫穷的年代对教育的重视。

索天章个子中等偏高，面容消瘦，这倒是符合她的猜测。他穿了一件中山装，扣子一丝不苟地系到下颌。衣服洗过很多次了，几乎分辨不出原来的颜色。她直觉上猜到那是一件旧军装——他在河南一家军事院校工作了很多年，大约习惯了以军装为日常服饰。他的头发已经开始灰白稀疏，看得出来没有经过刻意的梳理，她没有在上面找到头油或者发蜡的痕迹。他站立和走路的姿势都很正很直，脸是和善的，但她觉得那和善与幽默风趣并不是邻居。其实，他的样子也就是那个年代男人的普通形象，可她期待的不是普通。她执拗地觉得他应该远远超越普通。

那时候女学生已经在校园里听过一些有意思的课程

或讲座，觉得那些授课老师的样子，和他们讲授的课程有着某种神奇的契合。比方说教古代汉语的骆玉明老师，有时会跳坐到讲台上讲课，随意掏出烟盒，高兴了也给男同学扔一支，很符合古代文人懒懒散散不拘小节的样子。而葛传椝教授只在极为罕见的场合里出现，比如接见外宾。他讲话时那一字一顿有板有眼的风格，也吻合他负责编纂的《新英汉词典》里的那些词条和例句。可是，女学生期待了一个暑假的索天章教授，样子却和他要开的那门课程不符。至少，在他还没有开口的时候是不符的。

后来，他开始上课。他的衣装给他制造的最初印象瞬间土崩瓦解，他的声音和神情从那堆废墟里钻出来，建立起和第一印象相差甚远的新形象。那声音算不上洪亮，甚至有些单薄，但里边裹着一股说不出来的东西。给那样一种东西命名并不容易，你至多只能找到近义词，比如说能量，或者气场，等等。那股东西从他扣得很严实的旧军装衣缝里钻出来，攀爬上他的眼睛和眉毛，最后爬上他的头顶。头顶上开始稀疏的头发，跟随着他口中英文格律诗的节奏，抑抑扬扬，扬扬抑抑，女学生被满屋飞溅的重音震得灵魂几近出窍。

大约就是在头年的冬天，抑或是次年的春天，女学生从索天章教授嘴里,听到了罗伯特·勃朗宁和伊丽莎白·勃朗宁的名字。他们的名字是跟随在许多人的名字之后出现的,乔叟、莎士比亚、弥尔顿、拜伦、雪莱、济慈、华兹华斯……那个队伍过于庞大,索天章教授能够分给勃朗宁们的时间,大概也就一两堂课。女学生就是在那一两堂课的间隙,学到了勃朗宁的《海外乡思》和勃朗宁夫人那首最出名的十四行诗:

> 我怎样地爱你?让我一一数念。
> 我爱你,爱得那么深广、高远,
> 似浩渺中感受生命尽头的意义,
> 或探寻完美神恩时灵魂之所及。
> 我爱你,是每日最平和的需求,
> 无论白昼艳阳或黑夜的烛光里。
> 我自由地爱你,像人们为正义奋争;
> 我纯粹地爱你,像人们摒弃吹捧。
> 爱你,以昔日无限悲恸时的深切,
> 爱你,以我童年相信一切的虔诚。
> 爱你,以曾经对圣贤笃信的热忱,
> 爱你,以毕生的呼吸、笑容与泪痕;
> 如果去天国是上帝的旨意,

那么死后我只会更加爱你。

——伊丽莎白·巴雷特·勃朗宁
《葡萄牙人的十四行诗》第43首
（晚枫/译）

在勃朗宁夫人之前，女学生也读过一些情诗——普希金，雪莱，爱伦·坡，彭斯……但他们都是男人。男人对女人示爱，和雄孔雀对雌孔雀开屏一样，是一件自然而然的事情。而女人向男人示爱，且以这种炽烈的声势，女学生稍稍感觉惊讶。女学生把那首情诗反反复复读了几遍，她的英文还没有好到可以准确把握每一个比喻之中暗藏的典故和微妙情绪，但她能体会那是些排列成十四行的情爱呓语。女学生当时正陷在一场进去了又想出来的恋爱里，但这首诗显露出来的这种接近于发烧的状态，对她来说还是完全陌生的。

就是在学这首情诗的过程中，女学生捎带着学到了一个新的英文单词：elopement。

根据词形，女学生知道这是个名词，前面的部分才是动词原形。可无论是动词还是从其演变而来的名词，字母的排列和发音都不能带给女学生动感，她觉得这个词看上去读起来都像是一件摆在商店橱窗里的货品，或是长在花盆里的某种植物，安安静静，中规中矩的，远不如她母语中的同义词刺激。

母语中的同义词是：私奔。

在母语中，这个词可以是名词也可以是动词，两个字都是开音节。第一个字还含在喉咙口的时候，就孕育着一个诡异的嘶声，像蛇在吐信子。第二个字并不适合温文尔雅地道出，它最合宜的释放途径是在旷无人烟的地方，高扬着颈脖，放声狂呼。喊完之后，余音还会嘤嘤嗡嗡地在风中萦绕很久。

女学生在那极其有限的一两堂课和课后的阅读中，摸摸索索地得出了关于这个全名叫伊丽莎白·巴雷特·勃朗宁，通常被人称为勃朗宁夫人的女人的一些印象，比如她和罗伯特·勃朗宁的相遇，是两个年轻男女之间的一见钟情，是一触即燃的烈火干柴；他带着她私奔的时候，她是个不能行走的瘫子；他的"海外乡思"，是他们私奔到意大利之后而生出的乡愁；她一生写的作品，大多是爱情诗；他们终其一生相守不离，如同一切美好的爱情神话应该有的样子……

女学生还得出了一个在当时感觉铁板钉钉的事实：罗伯特远比伊丽莎白出名。在那册作为课本使用的《英国文学史》里，他的篇幅占了十二页半，被称为"也许是……

我们文学史上莎士比亚以降最伟大的诗人"。而关于她的篇幅加在一起才满两页，被直接归在"维多利亚时期次要诗人"的标题之下。那本文学史，女学生至今还保留着，屡经搬迁，依旧占着她书架的显赫位置。偶尔拿出来翻翻，面对书页上粗粗细细的条杠，还有那些墨汁开始变淡的笔记，她还会感觉羞愧，不是为自己当年的幼稚想法，而是为那本书的来路——当年她和她的同学们一样，都是以一个相对便宜的价格，从外文书店买下了公开销售的影印本。那时，对整个社会来说，"版权"还是个词典里缺失的词。

三十多年之后的一个夏天，当年的女学生终于再次钻进了关于伊丽莎白·勃朗宁的故纸堆里，这时她才意识到：自己从前关于伊丽莎白·勃朗宁的种种想法，是多么粗浅，多么一知半解，离真相又是多么遥远。

其实，在复旦外文系那个小课堂，当索天章教授引领她进入勃朗宁的世界时，女学生多少也是知道自己的浅薄的。她脑子里有很多乱线团一样的思绪，她想请自己所崇拜的教授来帮忙稍稍梳理。可是一到下课，总有那么多人围着他，向他讨教各种各样的问题，谁都想从他的脑子里挖走一片智慧，她插不上嘴。有一次她推着自行车从宿舍的过道往外走，猝然在路口碰到了他。他和善地问她是否上课去。她忘了到底是点头还是摇头,她很想开口说句可以给他留下深刻印象的话,却发现所有的词都已经僵死在舌头上。她就这样失去了一个独属于她的机会。

但女学生也不是特别焦急,她觉得后边还会有大把机会。她已经决定报考他的研究生,她对自己的成绩很有信心。等考上他的研究生,她就可以不必和这么多人争夺他的时间,她就可以坐下来,和他深入探讨勃朗宁夫人的爱情诗,到底和同时代的男诗人写的有什么不同。

女学生没想到,她竟然再也没有这样的机会。本科毕业时,她当真报考了索天章教授的研究生,却没有考取。女学生落选和成绩毫不相关,而是因为一张品德评语。由于那桩进去了却要出来的恋爱,也由于一串破得不知从何修补的同学关系,还由于一些只可意会不可言传的事情,女学生被扫入道德品行的另册。她所报考的第一志愿以及后边的所有志愿,都被一纸追送到录取办公室的评语拒之门外。这一切都是在暗地里悄悄发生的。多年之后,女学生才知道了部分真相。

就这样,女学生独自离开了复旦校园,甚至没有和索天章教授告别。她来到北京,从事一份与伊丽莎白·勃朗宁毫无关联的科技翻译工作,走上了一条与十四行诗渐行渐远的路。

三十多年过去了，偶尔，当年的女学生也会想起那个把她的命运捏在掌心的人，她忍不住猜想在当年她该有多么遭人恨。往事被流逝的岁月蒙上一层荒诞的面纱，有点类似于她读过的一些法国现代文学作品。其实，在她的生命中，出不出现那个用一纸权力修改了她命运的人，她都还会有与勃朗宁夫人重逢的一天。只是假若没有那个人，她正在写的这篇文章，很有可能会是一篇学术论文。

2018年6月4日

佛罗伦萨

桂荻居

一个英国女人一生中的意大利篇章

> 昨夜我听见一个小孩这样歌唱
> 在桂荻居窗下,教堂边上,
> 啊,自由是多么美丽啊,多么美丽!
>
> ——伊丽莎白·巴雷特·勃朗宁
> 《桂荻居窗口》

一个幸运的诗人,或许可以在生前的尘埃落定之后,被后世记住一两句有名的诗,比如雪莱的"冬天来了,春天还会远吗",比如海子的"面朝大海,春暖花开"。假设你在英伦的街上遇到一个恰巧也喜欢诗的人,提起伊丽莎白·巴雷特·勃朗宁的名字,他极有可能会背出"我怎样地爱你?让我一一数念"这一名句。但病榻上的小女人所写的爱情诗,却不是她留给意大利的最深印象。她的名字在意大利的记忆火镰上擦出的第一个火星子,一定是上面那几行篆刻在她故居桂荻居侧墙上的诗。诗里"美丽"的自由，不是洒给天底下人看的热血，而是唱给她的第二故乡、当时还跌跌撞撞地行走在自由解放之路上的意大利的一首赞美诗。

自1846年秋天他们以炸起一地飞尘的方式离开英格兰之后，勃朗宁夫妇在意大利生活了十五年。为了让常年罹病的她避开酷暑严寒，他们也曾在别的城市短暂居住，但佛罗伦萨的桂荻居却是他们最固定的住处，直到她客死他乡。不过，那时的意大利在她心目中还是他乡吗？我已经无法直接向她寻求答案。在她死后一百五十七年的一个明媚的夏日，我拿这个问题问过一个吮尽了她诗中的每一滴骨髓，爱她爱到每一个毛孔，为她不惜改写了自己生命轨迹的人，就在佛罗伦萨她的石棺跟前。假若世上真有穿越时空的灵魂知己这一说，那人对勃朗宁夫人的感情，大约是最接近这种听起来略嫌狗血的说法的。我认定她是世上最有资格替代勃朗宁夫人回答这个问题的人——不过那是另一个章节的故事。

世上没有什么地方可以真正替代故土，因为故土既不可选择，也不可复制，一如母亲。但意大利对勃朗宁夫人来说和故土很相近，近到她可以为它血脉偾张，声嘶力竭，为它耗尽身体里仅存的那一点儿热能。幸运的是，意大利没有让她成为一个一厢情愿的人,她给出去的,她也如数收回,尽管是在死后。在意大利文学史里,你不一定能找到她的名字。意大利人有他们自己的铭记方式——他们把她永久地留在了佛罗伦萨的旅游手册上。她对他们的重要性,一如海明威对于古巴,或者白求恩对于中国。桂荻居侧墙上那块刻着她诗句的石匾,大约就是意大利版本的"留取丹心"。

那块石匾,是我于桂荻居附近一处民居落脚两天之后,在一次散步途中偶然发现的。那天傍晚,聚集了很久的浓云终于下成雨。我在勃朗宁夫人诗中提到的那座教堂的墙根下躲雨,偶一抬头,突然发现了对面墙上的一块石匾。破败的石匾镶贴在破败的墙上,雨雾把它们几乎混成一体,石匾上的雕文历经岁月洗刷,已经模糊不清。我用照相机镜头把它拉到最近,才依稀看清上面的字。我忍不住惊叹:自认为做足了功课的我,竟然几乎错过了如此重要的一个细节。

与桂荻居正门墙上刻着她名字的那块铭牌不同,这块石匾上的字迹有一部分是英文。我把那几行诗句反复读了多遍,用不同的语调,不同的节奏,试想着她用自己的声音吟诵或呼喊时,会是怎样一种情景。我曾经听过她丈夫在1889年,也就是在她辞世二十八年后,用爱迪生录音机留下的一段语音。由于年代久远，音质严重失真，我已无法听清诗句的内容，唯一可以辨别的，是他略显高尖的嗓音和神经质的跳跃节奏，还有围观者喧闹的喝彩声。录音机在当时还极为稀罕，科技在那个年代的行走速度是一只昏睡的乌龟，追不上时刻警醒的死神，早生了三十年的她没能给后世留下任何关于她声音的只言片语。不过，即使声音缺席，在没有时空边界的寂静中，我也知道她写下那首《桂荻居窗口》的长诗时，一定感觉自己身高八尺，刀枪不入，体内的每一滴血都可以烧毁一片森林。

桂荻居多年以前曾经是贵族府邸——佛罗伦萨的每一座老楼都曾经是。而现在，它只是一座产权复杂的公寓楼，混在一条叫 Piazza San Felice 的街上毫不起眼，几乎可以用败落寒酸来形容。桂荻居虽然不起眼，但假设你摊开佛罗伦萨地图，费力地找到它的所在，你一定会忍不住发出一声轻轻的叹息：原来，如此。从桂荻居那扇漆成深棕色的旧木门出去，往左走上短短几步路，就是佛罗伦萨城中最著名的地标性建筑之一——彼提宫。在这里住过的人打一个喷嚏，惊起的飞鸟可以轻而易举地遮暗半片天空：托斯卡纳大公，拿破仑，维托里奥·埃马努埃莱二世……从彼提宫再往前走几步，就到了游人云集的老桥，桥下是那条流淌过无数个世纪的阿诺河，沿河的街上是一家挨一家的店铺和饭馆。假如你在每一家店铺停留三分钟，大概从黎明走到天黑你也走不完半程路。不知当年勃朗宁夫妇在这里租房，是不是因了这里的热闹和便捷？

桂荻居所在的这座楼，当年名为桂荻宫。勃朗宁夫妇租下其中的几个房间后，伊丽莎白为之起了一个更有家居意味的名字——桂荻居。但凡给一个住处起了名，就多少有些归属的意思了，一座建筑物和一个家之间的区别，有时只是一个名字。当然，起名字时伊丽莎白还没有想到，这会是她一生中的最后一个住处。她离世后，桂荻居几经转手，差点成了一家银行的办公楼。幸得一群爱她诗的人，用极有温度的呼喊，把焦急和遗憾传回了她的故国。举世闻名的伊顿公学终于购下了桂荻居的产权，与地标信托公司一起，将它开发成纪念馆和学习中心，而没有让其流落在烟波浩瀚的商海之中。

你大概注意到了，我已经改变了对她的称呼。在走进桂荻居之前，我还没想好到底该怎么称呼她。世上对她的称呼五花八门，与她关系亲近的人，都叫她"芭"（Ba），那是从 baby 的第一个音节衍变而来的昵称。有一些研究她的学者称她为巴雷特，以避免与她的丈夫混淆。而普通的读者，大多叫她勃朗宁夫人，也是为了区别于勃朗宁先生。这三种称呼我哪一种也不喜欢，各有各的原因。第一种隐藏的亲昵，只能属于家人，别人沿用了多少有些唐突。第二种暗藏着某种不可逾越的距离。如果非要分出一个高下尺度，我可能最不喜欢第三种。那五个字里，没有一个字携带她自身的DNA。被称为勃朗宁夫人的她，就成了他的附属品，像是他衣兜里的一块怀表，或者他脖子上的一根丝巾。我不想叫她勃朗宁夫人（虽然我也随过大流），就如同我不想叫他巴雷特先生。

就在我按响桂荻居的门铃时，我作出了一个冲动的决定：我将按照她婚姻登记册上写下的第一个名字，称她为伊丽莎白。简单赤裸的一个名字，没有前缀也没有后缀，因为她不是诸如小姐、女士、夫人此类的身份说明里所暗指的那种小女人，她具有一颗巨大的心脏，装得下爱情也装得下战争。

出行之前我已和英国的伊顿公学取得联系，在我抵达桂荻居时，他们已通过电邮吩咐管理员伊蕾娜在屋里等候我。和我每一次写作前的实地勘探一样，这次我也是事先做了功课。我已熟知伊丽莎白每一个生活阶段里的大事，那些穿过她的人生、与她的生命轨迹产生交集的人。但我并不完全信任白纸黑字带给我的印象，因为它们往往长着翅膀，如萤火虫那样闪闪烁烁，飘浮不定。我需要走进桂荻居，给那些漫天乱飞的印象找到一块落脚的实地。

在钱袋略微饱实一些的年份，勃朗宁夫妇租下了这座公寓楼里的八个房间，供一家三口、一个用人和一个厨子居住。如今归在伊顿公学名下的却只有四间房，它们分别是伊丽莎白的卧室、起居室兼写作室、餐厅，还有一个房间后来成为连接餐厅和罗伯特写作室的过道。这只是桂荻居一半的领地，还有另外一半，至今还散落在别的主人手中。伊蕾娜告诉我，紧贴着过道的那一间房，是桂荻居最大的一个房间，也是罗伯特后来的写作室。伊顿公学数次想购回来扩充纪念馆的规模，现任主人却一直不肯松口。据说那间屋子很快将被开发成带早餐的民宿。"你将与英国诗坛巨匠罗伯特·勃朗宁分享同一空间，在你坐的这个位置上，他曾写下旷世之作《男人与女人》。"我想象着即将在民宿广告上出现的句子，心中隐隐泛起一丝悲凉。那两个被大多数人认为是真爱的灵魂伴侣，在死后非但不能同葬一穴，而且他们留给后世的那点残缺不全的记忆，也将被一堵墙分在两处，咫尺之隔，遥如天涯。

趁着旅行的机会，我去过很多作家故居，每一处都各有特色。雨果的故居展物最多，据说他有幸结交了一位眼界很高钱袋很鼓的年轻贵族，此人极为上心地从他居住过的每一处，包括他的流放地，将他的所用之物一件一件收集汇总到他巴黎的住处。那里每一个房间里的陈设，都反映了他某个阶段的生活。而巴尔扎克的故居，只是他为了逃避追踪而来的债主而不断变换的落脚点之一，里边除了后人收集的他自己的旧版书，几乎再无他物。艾米莉·狄金森的故居有相当一片面积被改建用作讲解室和纪念品商店，真正属于艾米莉的记忆，大概只有几个房间和一扇窗口……其实大部分作家的故居，都是凭作家留下的日记书信中的只言片语描述，或是后世对那个时代的模糊想象而重构的空间，与故居的字面意义相去甚远，用故址或者展览馆之类的词来替换，也并无太大不妥。伊丽莎白的故居，大约是我见过的故居中离它原本的样子最为接近的一处——这都归功于她丈夫的一个冲动之举。

伊丽莎白虽然常年体弱多病，但没有人想到她会死得如此突兀。沉浸在巨大悲恸中的罗伯特突发奇想，请来一位艺术家，把妻子的起居室兼写作室画成一幅静物写生图。也许那时他已经预见到，从桂荻居的大门走出去，他再也不会回到这座伤心之城。他只是想把那些经不起岁月磨损的记忆，牢牢地抓一片揣在手心。但他一定没有想到，那一片被他抓住了的私人记忆，有一天会演变成文学史书里的一页公众信息。当时银版照相技术已经问世，他和妻儿都已留下多幅相片。不知为何，罗伯特没想到采用更为精确的照相技术。也许，这就是天意，因为油画有银版照相技术无法企及的绝技：油画给后世留下的不仅是关于空间和形状的印象——这些印象照片都能完美复制——还留下了独一无二的关于色彩的鲜活记忆。

后世就是根据这幅油画，尽可能真实地还原了伊丽莎白写作室的原貌。屋里的摆设是后人根据油画的呈现而购置的，其中有几件是伊丽莎白去世后她的丈夫和儿子在别处使用过的物品，真正属于伊丽莎白的原物不多——原物已在勃朗宁夫妇以及他们的独生儿子潘的身后之年里散落于各地，后来又在古董拍卖市场神奇现身。管理员伊蕾娜告诉我，他们大致知道每一样旧物的现存之处。"它们都在它们该在的地方，我们在积攒财力慢慢回购私人手中的物品。"走进这个按照原样设置的房间时，我感觉到了皮肤上的重量——那是压力。前面，后面，左边，右边，头顶，脚下，我陷入重重包围，被伊丽莎白的色彩，被她的审美，被她的视线，被由她的指头搅开又在她身后闭合再重新被我的身体劈开的浓腻空气。

屋子里钩住我眼睛的第一样东西是她的书桌。就在这张书桌上，不，这张桌子只是一个替身，我应该说，就在它所替代的另外一张桌子上，伊丽莎白写下了《桂荻居窗口》《奥萝拉·莉》《致议会的诗》。我不需要细细查看这张桌子的形状、质地、颜色，还有桌面上的雕纹，因为我已经在油画中见过它的本尊。我惊叹的是它在房间中的位置。这个位置没有改动，一个半世纪之前就是如此。它在房间的深处，离窗子很远，窗外的光线投射到这个角落时，已经弱如飞丝。而那盏悬在天花板上的枝形吊灯，离桌面也很远，那样的光亮似乎更适宜谈话而不是阅读。可以想象一双少有闲暇的眼睛，在这样的光线里常年劳作，会处于怎样的透支状态。伊丽莎白为什么不能像她隔洋的崇拜者、美国女诗人艾米莉·狄金森那样，把桌子放在窗前，在阳光里铺开纸笔，一抬头就可以看见窗外的满树繁花呢？也许，在伊丽莎白孱弱的身体内，昏暗是灵魂滋长力气的最佳土壤。只有在那片介于黑和白之间的灰色地带，她才可以缓慢自如地积攒能量，等待着和光明猝然相逢时那天崩地裂的轰然撞击。

　　我还注意到了屋里的一张靠椅，应该是一件摆在原处的复制品，伊丽莎白大概就是斜靠在上面读书或养神的。靠椅摆在离窗很近的地方，假如正对着窗子坐，阳光会洒满她整张脸，而背对窗子坐时，阳光会落在她的颈脖和后背。据说，这张靠椅除了用来歇息，还是她最私密的文库——她时常把诗稿偷偷藏掖在坐垫下。这个传说打碎了传记作家在我脑子里构筑的一个童话——勃朗宁夫妇总是在第一时间相互交换手稿，就像萨特和波伏娃、海德格尔和阿伦特那样。假如这个传说是真的，那只可能有一种解释：伊丽莎白不愿意丈夫看见这些文字。这个传说也许不仅仅是坊间闲话，因为当时发生的另外一件事可以作为它的佐证：伊丽莎白流传最广的那组十四行爱情诗，是她深陷爱河时的激情之作。她横跨英吉利海峡私奔到意大利之后，却把诗稿藏了三年，直到罗伯特失去慈母却不能回英国奔丧从而陷入内疚悲哀不能自拔时，她才把诗稿拿出来给他看。那是她的抚慰方式，她觉得只有爱情才能填满他内心那个巨大空洞。这些诗让罗伯特惊为天籁，他立即催促她联系出版，于是才有了后来著名的《葡萄牙人的十四行诗》。她的犹豫，是因为自卑？在他还是个寂寂无名的小诗人时，她就像仰望星空那样崇拜他的才情。抑或是出于自我防护？他们的见解并不总是合拍，她也许不想受他的意见左右。可惜后世已无从得知。

　　从伊丽莎白的写作室出来，我继续在桂荻居的其他房间里漫游。故居展览馆刚刚开门，当日预定的一个参观团尚未抵达，四周极是安静，石质地板踩上去坚硬冰冷，我几乎听得见脚底下灰尘的碎裂声。我留心观看墙上和展柜里的老照片，有的已在别处见过，有的却面生。在勃朗宁那个年代，银版照相技术刚问世不久，一幅中等尺寸质地清晰的人物相片对寻常人家来说，还是一件昂贵的时髦物品。勃朗宁夫妇想必是追赶新潮的人,他们留下了许多照片。当然,他的远多于她的,因为她常年罹病,不像他那样可以随意出门。我见过他们各自的独影,也见过她和儿子的合影,却不记得见过他们的合影。这桩被后世当作神话传颂的爱情里,似乎缺少了重要的物证:一张夫妻合影和一张全家福照片。

罗伯特几乎可以算是一个美男子,到老朽时依旧如此。眼睛深邃锐利,眼眶和鼻梁的形状是米开朗琪罗雕塑刀下的那种造型,每一张相片上的面容,呈现出的表情都像是希腊悲剧中的英雄。以上的赞美假若仅仅停留在上半身,那应该是恰如其分的,可惜他的下半身却是整体审美中的败笔。他身高一米七,在那个年代显然不是巨人,却也不能归在矮子之列。他败在了身材——几个版本的传记都提到他短小得不成比例的下肢,而我亲眼所见的他的一幅全身肖像,也直接印证了这个说法。

但伊丽莎白并不在乎,因为她也是个身材矮小的女子。我在桂荻居看到了她的两幅肖像,一幅是少女时代的画像,另一幅是照片,摄于她去世前的三个月。少女的那张没有确切年代,看上去应该是十一二岁,身穿一件带白圆领的深色衣裙,头发卷成无数个小圆圈披散在肩头。脸庞尖瘦,稚气的眼神里带着一丝没有被艰难污染过的洁净清朗，嘴唇紧抿，是一种急切渴望成为大人的严肃。那时她还是一个整天和弟妹骑马爬山、充满野性的小女孩，她并不知道疾痛正潜伏在不远的角落，等着她经过时对她发起第一轮狙击。

和这张肖像形成鲜明对比的，是她的另一张相片，摄于1861年春天。那年她五十五岁，已经写出了她最精彩的诗。她穿着一件从颜色到样式都让人产生寡妇联想的长裙，老式的长卷发无精打采地垂挂着，五官懈怠，鼻翼两侧有明显的法令纹，肩膀和手疲倦地下垂。这一切无不在沉默地宣告着生命力在地心引力前的彻底溃败，谁也无法从那样的容颜里解读出诸如快乐和满足此类的字眼。但是，在摄影师按下快门的那个瞬间，谁也没有想到这会是她留给后世的最后影像。当尘埃落定，隔着一个半世纪的距离再看这张照片，我们才会猛然醒悟：她脸上的那片阴影是死神的翅翼。

假如把她的人生想象成一条线，这两幅肖像仿佛是那条线上接近两端的两个点，一头一尾地夹裹着她生命的全程，真实而残酷。

她真算不上好看——面部狭长，前额凸突，五官线条粗粝。无论是少女时代还是中年阶段，她几乎没有一张肖像能带给我们关于美丽和妩媚的模糊联想。从某些角度观察，她的长相与她最崇拜的法国作家乔治·桑倒有几分神似。后世用来描述她这类才情女子的一些形容词，比如才貌双全、秀外慧中，也许只是强大的思维惯性所致，人们习惯于将缺乏美貌的才智，等同于没有形式的内容。遗憾的是，照相技术的发明毁掉了想象力的翅膀，让神话沦为日常。

我发现维多利亚时期的人物照片几乎每一张都神情凝重，很难在他们的表情中找到一丝裂缝。后来我才了解那是早期银版照相技术的弊病——被摄像者必须在椅子上一动不动地坐十五分钟，有时还需要在脖子后边加一个支架来维持身体的静止状态。没有人可以在这个架势上保持十五分钟的微笑，所以才会有那片阴云一样贯穿所有照片的肃穆。

当然也有例外。例外就是勃朗宁夫妇的独生子潘。

在潘的相片上，打破那份凝重肃穆的不是笑容，而是五官之间的舒展和嘴角的自然放松。伊丽莎白四次怀孕，三次流产，潘是她从死神手里抢来的唯一骨血。她想要的是女儿，所以一直嫉妒身边每一位拥有女儿的母亲，儿子自然而然就成了她想象中的女儿的替身。她给潘挑选的服饰一直是中性阴柔的，正如那张照片所示。照片上的潘梳着过肩的长卷发，宽松上衣的袖口和下摆都饰有醒目的条纹，穿轻便软鞋的双脚摆的是芭蕾舞中的第三步姿。罗伯特希望儿子的装束能与男孩更相宜，妻子的回应永远是："十二岁，等到十二岁。"在伊丽莎白心中，十二岁是一条分界线，是一个人"从诗变成散文"的年龄。她答应丈夫等潘十二岁时，她会剪掉他的长卷发，给他换上那个年纪的男孩都会穿的燕尾服、紧身长裤和硬皮鞋。但她最终没有等到她的潘变成散文，她死于潘从十一岁往十二岁走的路上。潘在她的最后记忆中是一首永恒的诗。

我推开通往阳台的门，走到外边。阳台不宽，但很长，起居室和餐厅都有门可以出入。以某些小城镇的标准来评判，它几乎可以算得上半条弄堂。伊丽莎白病弱不能出门时，这个位处二楼的阳台就成了她一个人的原野和森林，她在那里缓慢地行走和喘息。阳台对面，就是她诗里提到的那座教堂，高高的石墙挡住了她的视野，但这道屏障却让她心安，因为对面没有好奇的目光，她在阳台散步时不需要特意换上出门的衣装。阳台的栏杆角上蹲着一个石头雕成的顽童，顽童老了，丢失了半只胳膊，全身布满岁月的锈斑。那上面曾经有过伊丽莎白的指纹，今天，她的指纹上又覆盖了我的指纹。

阳台下面是一条小巷。这条今天看来毫不起眼的小巷，在伊丽莎白那个时代曾经是见过大世面的。伊丽莎白在这阳台上，见过托斯卡纳大公带着他的随从，从这里一路喧腾地进入彼提宫；也见过奥地利人的兵马，从这里嗒嗒穿行而过，在广场上一夜笙歌……伊丽莎白在这个阳台上看过许多热闹，但她不仅仅是旁观者，也是意大利复兴大军中的一员，只不过她的武器不是刀枪，也不是盔甲，而是诗歌，她把她的武器悉数放进了《桂荻居窗口》。伊丽莎白爱意大利爱得心切，爱到了忍不住谴责自己的祖国对正义的麻木。在《致议会的诗》前言中，她这样嘲讽英国政府："不干涉邻国事务是一种高贵的政治美德；但不干涉并不意味着当你的邻国陷入盗贼之手时，你绕道而过。"她深知她的言论会招致国人的攻击，但她并不惧怕。她告诉她的意大利邻居欧葛薇太太："阅历越深，战斗的号角就越响，我心中的鼓也敲击得越快。"

她的热血呐喊，终于得到了回应，尽管不尽如人意。1861年3月，她辞世前三个月，意大利王国在都灵宣告成立，但威尼斯还在奥地利统治之下，罗马和周边的区域，依旧由教皇势力掌控。她没有看到自己挚爱的城市成为意大利首都的那一天（在迁都罗马之前，佛罗伦萨曾是意大利的临时首都），那时，她已经在佛罗伦萨城外的新教徒墓地，孤独寂寞地躺了四年。而意大利最终全面统一，是在她死去九年之后。

后世对伊丽莎白的记忆筛孔很大，漏过了许多重要事情，忘记了她在爱情之外的那个天地里留下的踪迹。意大利的自由统一并不是她关注的唯一政治事件，她同样关心祖国的社会问题。她的声带和她的眼睛一样，永远处于透支状态。她的诗里不仅有王子和贵妇，也有穷小工和妓女，她写王宫也写贫民窟。她支持妇女普选权，反对伤害农民利益的《谷物法》，反对雇用和剥削童工。她对时政的某些看法，比如对蓄奴制的强烈抨击，曾让她的家人陷入尴尬境地，因为巴雷特家族的巨大财富，几乎完全来自由奴隶劳工所支撑的牙买加制糖业。她曾对著名艺术评论家约翰·罗斯金说过："我是一个西印度群岛奴隶主家庭的成员，假如我相信有诅咒，我真应该害怕。"她那个一言九鼎的父亲，因为女儿超人的才华而原谅了她的鲁莽。对他来说，一个深闺弱女子的几行时政诗，应该是无伤大雅的小小不适。他真正不能原谅的，是女儿的爱情和婚姻——那是多少封沾着热泪的道歉信和一个玲珑剔透的小外孙都不能融化的寒武纪冰川。

我扶着石童的身体，从阳台上俯下身看街景。阳台还是伊丽莎白的阳台，街道却不是了。从街头到街尾，到处停满了各式各样的小汽车，几根电线从街的这边斜跨到那边，小商铺窗口贴着色彩鲜艳的足球赛广告。那一刻我真愿意我眼里装有一款功能超强的修图软件，能把一切现代化标志从街景中统统抹除，只剩下伊丽莎白眼中的车辙古道，铁马金戈。

我突然明白了，伊丽莎白不是死于疾病，而是死于激情。她孱弱的身躯已经无法承载那颗想装下天地风云的大心脏，她的心拖累了她的身体，就像她的声带拖累了她的喉咙。

离去之前，我再次回到连接餐厅和罗伯特写作室的那条过道，看了一眼桂荻居里最重要的一件家具：放在过道里的一张沙发。这张沙发历经一个半世纪的颠沛流离，从伊丽莎白在伦敦温普街的故居（如今已不复存在），一路漂洋过海来到桂荻居。沙发旧了，木头扶手油漆斑驳，布面颜色浑浊。在它的青葱岁月里，它应该是一块米黄底色上织着墨绿条纹的结实布料，到今天它还没有失去经纬交织的力度。这种布料，大约是维多利亚时期家具设计的流行款，因为我在罗马西班牙广场边上的济慈纪念馆里，也见到过一张布料相似的小床。就在那张小床上，二十六岁的济慈咽下了最后一口气。而在桂荻居陈设的这张沙发上，伊丽莎白迎来了她生命中最重要的人——名叫罗伯特·勃朗宁的诗人。

1845年5月20日

伦敦

温普街50号

八卦史上缺失的一页

我的信!一堆堆死沉沉的纸,苍白又无声,
可是它们又像具有生命,颤动在
我拿不稳的手中——是那发抖的手
解开丝带,让它们今晚撒满在
我膝上。这封说:他多盼望有个机会,
能作为朋友,见一见我。这一封又定了
春天里一个日子,来见我,跟我
握握手——平常的事,我可哭了!
这封说(不多几个字):"亲,我爱你!"
而我却惶恐得像上帝的未来在轰击
我的过去。这封说:"我属于你!"那墨迹,
紧贴在我悸跳的心头,久了,褪了色。
而这封……爱啊,你的言辞有什么神妙,

假如这里吐露的,我敢把它再说!

——伊丽莎白·巴雷特·勃朗宁

《葡萄牙人的十四行诗》第28首

(方平/译)

1845年5月20日是伊丽莎白生命中至关重要的一天。这一天,一股巨大的力量撞入她的生活轨道,将她撞至两个星球之外。

这一天,她见到了她的真命天子。

这样的说法当然属于文学夸张。这个日期充其量只是一个点,爆发也许是在瞬间,但能量的积攒却是一个缓慢的过程。没有人知道上帝神奇的手指是在哪一刻开始拨动她的命运之弦的,世人能够看见的,只是结果。

伊丽莎白有一位比他年长许多的远房表兄叫约翰·肯扬,是伦敦文化界的社交名人,和巴雷特一家私交甚笃。他时不时到温普街巴雷特家宅来探望病中的伊丽莎白,带几本市面上的新书,讲一些文坛上的轶事给她解闷。伊丽莎白的几个笔友,都是肯扬介绍她认识的。1836年的某一天,肯扬给伊丽莎白带来一部名为《帕拉塞尔苏斯》的长诗,诗人的名字叫罗伯特·勃朗宁。她被诗中那个神秘的声音深深触动,感觉到了灵魂的不安。这是一个陌生的名字,一个陌生的声音,她无法按照以往读诗的审美习惯来判断它的价值,但她凭直觉意识到,这个名字将会和英国文学史上最伟大的名字排列在一起。她不是菜鸟——九岁开始写诗,已经出版了两部长诗,一部希腊文译作,她看诗的眼光锐利如刀片。她的父亲爱德华·巴雷特曾经非常自豪地宣称她是"希望府的桂冠诗人"——希望府是她从三岁到二十五岁期间的住宅。

不过,这仅仅是一个诗人对另一个诗人的由衷欣赏而已,并无私心。伊丽莎白绝对没有想到,一次偶然的阅读体验会成为一个惊世骇俗的故事的开始,那个叫罗伯特·勃朗宁的人,正在朝她走来的路上。这条路很长,等他终于走到她门前,已经过去了九年。

罗伯特的诗运并不平顺。《帕拉塞尔苏斯》出版时,伦敦评论界给了他难得的耐心和吝啬的赞赏。五年后,他出版的另一部长诗《索迪洛》,得到的却是铺天盖地的一片嘘声。"随心所欲""粗糙""晦涩难懂""不知所云"……丁尼生说自己"只看懂了第一行和最后一行"——那是首尾呼应彼此重复的两行诗;卡莱尔说他的妻子"在通读全诗之后,依旧没弄明白索迪洛是一个人,一座城市,还是一本书"。就连伊丽莎白的密友、作家玛丽·罗素·密特福德小姐,也对他的诗颇有微词,说他有些娘娘腔。名人的毒舌携带着巨大的杀伤力，可以轻而易举地折毁一个普通人的锐气。可是罗伯特不是普通人，他虽然沮丧，却没有止步，依旧持续不断地写着他的诗。继《索迪洛》之后，罗伯特又出版了他的代表作之一，《铃铛与石榴》系列的第一辑《皮帕走过》。

伊丽莎白继续关注罗伯特的诗作，坚信自己对他才情的判断。恶评未能影响她的看法，她是自己脑袋瓜子的唯一主人。她没有被他诗中那些貌似粗糙晦涩的比喻和叙述分神，始终听得见他字里行间那个神秘新奇、不拘一格的声音。

伊丽莎白写给朋友的信中开始出现罗伯特·勃朗宁的名字。在她1844年出版的两部诗集中，有一首名为《杰拉尔丁夫人的恋爱史》的叙事诗，讲述了一位出身贫贱的诗人和一位贵妇人之间的爱情故事。伊丽莎白诗作中对爱情的看法始终是矛盾复杂的，女主人公经常是男人始乱终弃的受害者。可是这一次，她诗中出现了一个向往爱情并掌控着自己命运的女人。借着男主人公给情人念诗的机会，伊丽莎白提到了罗伯特·勃朗宁和他的诗。罗伯特不是伊丽莎白提及的唯一诗人，她同时也援引了华兹华斯和丁尼生。这两人当时在诗坛的影响力远在罗伯特之上，然而，伊丽莎白给罗伯特的篇幅，却超过了给他们的。一个已经出名的诗人，在她的诗中提到了一个尚无名气的诗人，并扯来两位大师级人物作为陪衬，这是一种非同寻常的致敬方式。

伦敦的文化圈子说大很大，说小也小，伊丽莎白在写《杰拉尔丁夫人的恋爱史》时，不可能没有预见到这首诗会流传到同为诗人的罗伯特手中。这是不是她对他发出的某种微妙信号，期待着他神经天线的接收和反馈？答案无人知晓。

罗伯特当时正在意大利旅行。那首著名的《海外乡思》，就是那次旅行中的有感而发，后来被很多人误解为私奔后的思乡之作。伊丽莎白的表兄肯扬是她最强劲的吹鼓手，她的新诗集一上市，他就订购了一批寄给亲朋好友，其中的一份，落到了罗伯特的妹妹萨蕾亚娜手中。等罗伯特从意大利归来并看到《杰拉尔丁夫人的恋爱史》时，已经是几个月后的事了。从某种意义上说，这首诗是月老丢下的红线，而肯扬是替月老传递红线的那个人。

1845年1月10日，罗伯特给伊丽莎白写了第一封信。他只字不提触发他写信的真正动因——那首提及了他的诗——而是用夸张的辞藻，直接向伊丽莎白表示了他的仰慕：

> 我对你的诗歌极为倾心,亲爱的巴雷特小姐……为了能给你做点小小的好事以让自己日后自得一番,我尝试着给你挑点错——但白费力气——你那些充满了生命力的伟大诗篇,已经如此深植我心,成为我的一部分,不是以一朵花的样式,而是扎根生长……正如我所说,我真是对你的书万分倾心——我也同样倾心于你。

从倾心于诗,跳跃到倾心于人,伊丽莎白被他的大胆唐突吓了一跳。当时她还不知道那是他写信时一贯的夸张文风。但她没有被吓倒。接到信的次日,她立即给他回了一封在温度上毫不逊色,但分寸上把握得体的信。她把他们的关系拉回诗的疆域:

> ……我得说我欠了你的债,不仅是因为这封亲切的信,为这封信带给我的所有欢乐,也因为其他原因,其他最为重要的原因——我必须说:只要我为追求诗的神圣艺术而活着……依我对它的爱和忠诚的本分,我必定是你作品的虔诚崇拜者和门生。

他们从此开始了频繁炽烈的通信。从1845年1月10日到1846年9月19日他们出走,二十个月里他们总共写了五百七十四封信,几乎每天一封。这些信的一大内容是崇拜和谦卑——将对方视为天空和神祇的那种崇拜,将自己降至泥尘和草芥的那种谦卑。文字的表达方式可用极致和丰富来形容,比如"沙皇皇冠上的大号钻石"那样的比喻,以及句尾好几种标点符号的同时使用。

他们不停地为角色的定位而发生争执。不,更准确的说法应该是谦让。谁是当之无愧的偶像?谁才是真正的朝圣者?谁是施爱的一方?谁是受爱的一方?谁更高上?谁为低下?谁是这段关系的恩主?谁才是实际上的得益人?双方都有充足的理由,然而谁也没有说服谁。也许,说服并不是目的,争辩本身就是快乐,论证的过程中产生了诗。

看了这些信,我为年轻时对这段英国文学史上最为著名的爱情得出的粗浅和谬误丛生的印象而深感羞愧。这段感情不是一见钟情、干柴烈火那样的套路可以概括的,也远非白马王子救病弱公主至世外桃源并永远幸福那样简单。这是一锅用才情和耐心的文火,精心缓慢地炖制出来的浓汤,汤里营养丰富,包含了千样试探、万种风情,无数诸如欲盖弥彰、欲擒故纵此类的小伎俩。

我也忍不住感叹:历经几千年修炼而成的丰厚伟大的书信传统,竟然在区区几十年的电子通信浪潮下不堪一击，溃败成泥。在我们这个一句话就是一个段落、句尾懒得使用标点、表情包替代了所有形容词和副词的微信年代，不可能再有勃朗宁式的爱情，也不可能再出现《葡萄牙人的十四行诗》，因为我们等不及情绪的延迟回应。微信的语言是如此简短和匮乏，不足以表述未曾见面时的期待，见面之初的激情，分别之后的感伤，或者争执之后的歉意。微信可以迅速抵达效率王国，却无法解决情绪之类的琐事。在现代社会，解决情绪另有蹊径：礼物。能用金钱解决的事，我们绝不轻易动用时间。

这五百七十四封信，除了一封应伊丽莎白要求被罗伯特毁去，其他的都被罗伯特按照日期先后顺序，收藏在一个雕工精细的木匣子里。罗伯特还在前一封信的信封上，仔细记下最近一次探望伊丽莎白的日期和停留时间。这些信的书写和存留方式，让我产生了一个小小的疑惑：罗伯特和伊丽莎白是否在写信的时候，就已经预料到这些信有朝一日会成为大众阅读物？我在字里行间觉察到了他们下笔时对写信人和收信人之外的第三双眼睛的警觉和在意。这双眼睛以某种隐约模糊却又无所不在的方式，掌控着他们的情绪收放程度和呼吸节奏。

辞世前，罗伯特销毁了所有其他人的信件，唯独把这个匣子交给了儿子潘，并吩咐他："我走后，这些（信件）

随你的意思处理。"——这是一个明确的暗示。潘没有辜负父亲的嘱托，在1898年将父母的情书整理出版。那时，他母亲已经离去三十七载，父亲也已辞世九年。勃朗宁夫妇之间的通信，应该是所有作家书信中保存得最为完整的。书信原稿如今躺在卫斯理学院的专门收藏室里，在严格控制的灯光和温度的呵护之下，默默地等待着研究勃朗宁的学者们偶尔来搅动一下它们的宁静。

这场恋爱进展得实在太缓慢了，慢得让人几乎想踹他们一脚。从第一次听到罗伯特·勃朗宁的名字，到收到他的第一封信，中间过去了九年。从收到他的第一封信，到他们的第一次见面，又过去了四个月零十天。伊丽莎白大概很早就意识到了这段关系的非同寻常——和罗伯特开始交往后，她对身边那几个无话不谈的闺蜜，突然变得有所保留了，即使提到罗伯特，也不像过去那样随意率性了。她的嘴里已经有了第一道锁，只是她们还没有察觉。

罗伯特很快就提出见面，伊丽莎白再三推辞，用身体不适为由。托病是伊丽莎白最常用的拒客手段，这个借口使用得太多了，就像扯过太多遍的橡皮筋，渐渐失去了弹性。一个在信上生龙活虎的人，却无法进行一件不需出门，只在家中静候就可以完成的事，连她自己也觉得这个借口苍白无力。于是，她就把一切归咎于天气。时节不对，天寒地冻，有雪，有雨，有风……

伊丽莎白对表兄肯扬身边那个群星璀璨的社交圈子，其实并不完全排斥，至多也只是又爱又恨。在日常生活中，她对一切热闹和新鲜事都感兴趣，比如王室和首相之间的摩擦，新近出现的银版照相技术，艺术家本杰明·海顿给湖畔诗人华兹华斯画的一幅新肖像，等等。几年前，她曾为因病不能观看维多利亚女王的登基仪式而极度懊丧。那次她在家里焦急地等候已经外出整整十三个小时的弟弟归来，好仔仔细细地给她讲述游行过程中的每一个细节。

和罗伯特开始通信时，她已经认识了几位当时已经成名的女作家，比如密特福德、安娜·布劳内尔·詹姆森、哈莉特·马蒂诺，并与她们结下了终生不渝的友情。但在和密特福德小姐及詹姆森太太初次见面前，她都是踌躇再三，紧张得要抽风，感觉要跨越珠穆朗玛峰似的。假如她可以选择，她宁愿把友情永远持守在纸笔的疆界之内。然而一旦跨过珠峰山巅，她就会发现前面是一马平川的无限风光。

有一次，肯扬安排家宴介绍伊丽莎白与华兹华斯认识。华兹华斯是桂冠诗人，在当时英国诗坛名声极为显赫，伊丽莎白犹豫再三，实在不能抵挡那样的诱惑，于是决定让她的大弟弟布罗陪她赴宴。她很少有与人共同进餐的经历，因为生病，在家里她总是让用人把三餐送到房间。

那天她被安排坐在桂冠诗人身边，整个晚上她都感觉被那张长餐桌所困，坐立不安，膝盖不停地颤抖。华兹华斯对她极为亲切，以垂暮之年的嗓音，为她朗诵但丁的十四行诗。华兹华斯给伊丽莎白留下的印象是举止平和，声音缺乏生气，远不如在场的另一位诗人瓦尔特·萨维奇·兰多鲜活生动。回家后，弟弟妹妹好奇地向她打探晚宴的情景，当时已经三十二岁的她，却像十三岁小女孩似的兴奋不已："好多的明星啊！我先前从没面对过这样的星空，今后可能也永远不会了。"尽管晚宴期间她如此局促紧张，但过后每每回想起来，却是记忆难忘。

和罗伯特的交往，也陷入了同样的窘境。严冬过去，转眼到了春暖花开的时节，她拿来婉拒见面的所有借口，此时已全部用完。她知道她已经走到珠峰前，再也没有退路了。假如再不答应罗伯特的见面请求，他有可能会离她而去。她已经习惯了他的存在，他的来信不知不觉间成为她一天里的期盼，她无法想象他的离去会留下怎样的空洞。她终于定下了见面的日期：1845年5月20日下午，尽管她不敢肯定自己会不会在最后一刻变卦。

她给了他两个选择：与肯扬同来，或独自来访。他选择了独行。她含含糊糊地告诉父亲，一位叫罗伯特·勃朗宁的诗人会到家里来看望她——温普街的家里，接待每一位客人都必须得到父亲的准许。按维多利亚时期的社会习俗，一个单身女子和一个单身男子的单独会面，通常需要一个男性家人或一位女性长辈陪伴在侧。父亲虽然没有受过太高的教育，但对女儿的诗才一直深感自豪。女儿偶尔在家里接待几个才俊诗友，他倒也并不十分在意，因为女儿向来善解人意，不会做出格的事情。他没想到女儿和这个叫罗伯特·勃朗宁的诗人的这次见面，将成为一根引信的起燃点。这根引信很长，还需要一年零四个月的时间，才会烧到尽头，炸响一桩震撼伦敦体面社会的大丑闻。

1845年5月20日那天的天气已无从考证，应该是个寻常的春日，没有下雨，风和日丽。温普街上走来一个身材中等衣着考究手捧鲜花的男人。半个月前他刚刚过了三十三岁生日，单身，和父母、妹妹住在一起，暂时没有可以结婚的对象。先前有过几个不伤大雅地调过情说过笑的女性朋友，终究不了了之。她们都比他年长。他向来喜欢才女和熟女，他母亲就比他父亲大了十岁。他从来没有做过一份与生计相关的工作，至今依赖父母生活。他的家世与巴雷特家族倒是有一个相通之处：祖上也在西印度群岛谋过生赚过钱，只是他父亲很早就回了英国，结束了那边的营生。他父亲现在在英国银行做一份还算不错的工作，收入够养妻子和一儿一女。他全家都不在意他至今没有一份糊口的职业，因为他们觉得他是天才，用写诗的脑子去做糊口的琐事，那是暴殄天物。

他没有正经上过大学，虽然已经发表一些诗作，但得到的嘲笑远多于掌声。此时离他被诗坛承认，还有好多个春夏秋冬。他十四岁就精通法文、希腊文、意大利文和拉丁文。不过在他那个时代，会几门外语并不稀罕。他真正可以拿来夸口的，是另外一件事情：和多数井底之蛙式的同代人相比，他算是见过世面了——已经游过俄国、法国、德意志、意大利和荷兰，而某次的俄国之行，还是陪俄罗斯总领事一起去的。

其实，那天走在温普街上的那个男人，实在算不上一个白马王子。用今天的标准来衡量，倒是可以归在啃老一族。他走在街上，步履很快也很扎实，满心都是热切的期待——期待书信中那个用文字塑成的形象，会在面对面时得到鲜活的印证。他压根没想到，当走上她家的台阶时，他会把自己三十多年的自由丢在门外，他不再是勃朗宁家的甩手少爷，他从此要为一个女人操碎心：为她的身体，为她的药物剂量，为她的衣食住行，为她的一切日常琐碎，还为她的诗歌和情绪。

他怀着急切的心情来看望的那个女人,也不是什么公主。她已经三十九岁,依旧待字闺中。姿色平平,常年患病。她十四五岁时得了奇怪的脊柱病,坊间盛传是骑马摔伤所致,其实不然。三十岁后又添了新疾——咳嗽心悸,两胁疼痛,最虚弱时连下楼都要弟弟们轮流背着。她的病依当时的医疗条件无法作出准确的诊断,至今医学界依旧众说纷纭:肺结核、神经衰弱、百日咳、厌食症、脑脊髓炎、非麻痹性小儿麻痹症、麻痹性脊椎侧弯、焦虑症、失眠症、广场恐惧症、鸦片瘾、臆想症……为了止疼和安神助眠,她很小就服食鸦片酊,至今还有人怀疑她诗中那些诡异的意象是蒙鸦片导致的幻觉所赐。她父母在她身上试遍了当时所能找到的各种也许有道理也许纯属荒唐的治疗方法,包括睡在一张离地四英尺的吊床上、到阳光充足的海滩疗养、食用鸦片酊、拔罐、放血,甚至采用水蛭疗法,但都收效甚微。

当然,她也有一两样可以拿得出手的长处。她已经成名,大西洋两岸都有她的诗迷。诗坛巨匠华兹华斯去世后,她甚至一度被推举为继任的桂冠诗人,虽然最终败给了丁尼生。

况且,她还有独立谋生的资本——这在维多利亚时期的女人中简直是凤毛麟角。她是家里的长女,又是巴雷特家族在英国诞下的第一个孩子,深得众人宠爱。她的祖母,还有她的叔叔,也就是她父亲在牙买加的生意合伙人,都在身后给她留了一笔可观的遗产。这笔遗产投资而来的利息,再加上稿费,她一年有三四百英镑的收入,胜过罗伯特父亲在银行辛苦所得的薪水。就是这些钱,保证了她日后在意大利过上一段相对舒适的日子。难怪她父亲和弟弟指控后来成为她丈夫的那个男人是"掘金人",她一再替他辩护,他也努力撇清,包括让她立下字据:在她身后,一切财产归回巴雷特家族。但他俩的解释依旧是苍白无力的,因为他日后的行动证明,他的的确确一直在她的碗里舀饭吃。

在男女之情上她几乎还是一张白纸——她经历过的男人中没有一个真正算得上是她的情人。住在希望府时,她认识了附近的一位希腊语学者休·博伊德。他是盲人,只能听见她的声音而从未见过她的容颜。希望府地处赫特福德郡,远离伦敦的文化社交中心,周围几乎没有说得上话的人,于是他就成了她青春岁月里的一大念想。她不顾抱病之身多次去探访他,向他求教希腊文,和他探讨自己的译稿《被缚的普罗米修斯》。她频繁的来访一度引起他妻女的厌烦,而他对她也不总是那么热情,有时会让她在起居室等候许久，或者当着她的面表示他更欣赏陪她来的妹妹亨丽埃塔。

后来巴雷特全家搬到南部的锡德茅斯，她去那里的教堂做礼拜时认识了一位新教牧师乔治·亨特，被他不拘一格的雄辩布道风格深深吸引，两人由此开始了多年的通信往来。再后来巴雷特一家和亨特牧师先后搬到伦敦，此时牧师对她的关照不再单纯是牧羊人对羔羊的感觉了，已经鳏居的他有了别的心思。可是她不想，她只想和他维持纸笔上的友情。

她从前喜欢的男人，包括肯扬表兄，博伊德，亨特牧师，基本上都是一个模式——年长，学问渊博，已婚，和他们交往她感觉安全。而罗伯特打破了这个模式。罗伯特带着一股生命力的旋风闯入她的生活，教会了她一个从前不认识的新词：冒险。博伊德和亨特与她的关系，多少都是剃头担子一头热，一个比她冷，一个比她热，只有罗伯特和她的温度两下相宜。罗伯特来得正是时候。

总而言之，那个5月的下午，当罗伯特·勃朗宁敲响温普街50号的大门时，这远不是一个白马王子和白雪公主故事的开始，充其量不过是两个接近中年的寂寥男女，在人山人海的都市里寻找丁点慰藉而已。这样的故事很寻常，随时随地都有可能发生，只是这个故事的过程有些惊险罢了。

罗伯特敲门的时候，附近圣玛丽乐邦教堂的钟声响了三下。她和他约的时间是两点以后，六点之前。后来他们多次会面，也都选在这个时段。这个时间对她来说最合宜，太早的话，她还没来得及吃完午饭。她失眠很厉害，所以起床很晚。而再往后，她在城里做事的父亲和在法庭供职的弟弟乔治就要下班回家了，她不愿意客人和他们打照面。在这段时间里，她那几个健康的弟弟妹妹，大概也都在外边各做各的事，家里只剩下几个用人。她其实并不在意她的弟弟妹妹们，她唯一需要在意的，是她的父亲。对整个家庭来说，父亲是阳光也是雷电。他们需要阳光的养育和慈爱——除了她自己和做律师的弟弟乔治，巴雷特众多的子女中，没有一个人具有独立谋生的本事，他们将终身依赖父亲。他们热爱阳光的同时，也惧怕雷电。但他们没有选择，阳光和雷电其实是同一事件的两个面，依赖阳光就必须接受雷电。

父亲在牙买加出生，七岁时被其父母送到英国上学，成人后一直在英国和牙买加两地奔波，掌管甘蔗种植园的生意，后来娶了一位在牙买加就认识的富商人家的女儿为妻，生下十二个子女。

巴雷特家族的制糖产业曾经鼎盛一时，牙买加源源而来的财富在英格兰土地上的见证,是父亲在赫特福德郡建起来的希望府。希望府占地四百七十五英亩,建筑和装修工程浩大。楼的一端有一个圆形塔,四周有许多小圆柱。房顶使用铸铁,厅里的扶手是黄铜,桃花心木的大门上镶着珍珠母。户外有水池、石窟、亭台、冰屋和桑拿屋,从宽阔的马车道到花园一路曲径通幽。这座花七年建成、引来四方瞩目的豪宅带着一丝土耳其风味,用伊丽莎白母亲的话来说像"《阿拉伯之夜》里的神话场景",与赫特福德郡周遭的田园风格显得格格不入,是那个时代的新富阶层对古老英伦建筑传统的一大挑战。

可惜好景不长,由于牙买加愈演愈烈的奴隶起义和一桩旷日持久的遗产官司,巴雷特家族的生意一落千丈,父亲无法偿还巨额银行贷款,只好忍痛卖掉希望府。从三岁到二十五岁,伊丽莎白在希望府住了二十二年,那是她一生中居住最久的地方。离开希望府之后,一家人搬到了锡德茅斯,辗转数年,最终定居伦敦,从此一直是租客,再也没有属于自己的住宅。希望府的旧址上如今盖了新楼,我们只能从一张留存的旧画中揣测当年的样子。希望府和温普街50号——伊丽莎白在英格兰的两个固定居所,如今都已不复存在,只有锡德茅斯住所的外墙上,还钉着一块历史遗址的蓝色纪念铭牌。

巴雷特家族与牙买加的渊源，到伊丽莎白这一代还在延续。她的弟弟山姆，就是替代父亲在牙买加照看生意时染上热疾而死的。关于山姆的死，坊间有一些不怎么中听的传闻。一个青年男子远离家乡，孤寂地生活在那片没有多少景致可言的酷暑蛮荒之地，能抵挡得了多少诱惑呢？

一些传记作家还提到了伊丽莎白身上可能存在的非洲血统。我看过几张她成年以后的肖像，眉眼之间的确有隐隐几分热带女子之风。有的传言甚至提到她父亲之所以激烈反对子女结婚，是害怕出现返祖现象，生下一个带有明显非裔特征的孙子。这些传言只能是传言，既无法证实也无法推翻。但一个毋庸置疑的事实是：父亲把三个违逆了他的意愿而擅自结婚的子女（两个女儿，一个儿子），决绝地赶出了家门，并将他们从他的遗嘱受惠人名单中剔除。一个极其看重家庭价值的男人，竟然丝毫不在意没有孙子可以延续家族的姓氏和产业，怎么说，也是一件不合常规的事。

伊丽莎白的母亲容颜美丽，性情柔和温顺，喜欢音乐和阅读，并精通法语，伊丽莎白的诗情，大约来自母亲的传承。对父亲那个旋风般大起大落的生意世界，母亲所知甚少，父亲几乎从未让母亲参与过任何决定，甚至连出售希望府这样的大事，母亲也是最后一刻才知晓的。但她从无怨言，安然地接受命运给予她的一切，把全部的心思都放在抚育孩子身上。她的十二个子女中，只有一个女儿死于幼年，其余十一个都活到了成人。在那个婴儿死亡率极高的年代，这几乎是个奇迹。她积劳成疾，死于伊丽莎白二十二岁那年。那时，伊丽莎白最小的弟弟仅仅三岁半。对于一个子宫和乳房几乎从未闲置过的女子，能活到四十七岁，已经是个奇迹。

母亲死后，父亲再未结婚，把生意之外的所有时间都交给了家庭。父亲不是母亲，父亲只是用父亲的方式做母亲。管理如此庞大的一个家庭，说复杂也很复杂，说简单也很简单，父亲的唯一要求是顺从。在顺从的子女面前，父亲是个慈爱的父亲。比如他会在每晚八点钟，拖着疲惫沉重的身躯爬上三楼，拉着将近四十岁的女儿的手，跪在地上，为她的健康殷切祈祷。在自己的房间里孤寂地熬过一个又一个漫长日子的伊丽莎白，曾经以父亲的脚步声为一天中唯一的盼望。父亲惩罚不听话的子女的方法，也同样简单——不再出现在他们的房间。从小到大，伊丽莎白对父亲都极为敬畏，假若没有认识罗伯特和他的家人，她大概永远不会知道，世上还存在着别的父女相处之道。

伊丽莎白听见了楼下传来的话语声，那是她忠心的女仆威尔逊在招呼客人。蹲在她脚下的西班牙牧羊犬红潮一个箭步冲到门口,竖起耳朵尖声吠叫起来。红潮是密特福德小姐五年前送给她的礼物,那时她刚刚失去大弟弟布罗。布罗是她从父亲那里"讨过来"专门陪她去海边小镇疗养的,有一天跟她为一点小事发生了争执,一气之下,就和几个朋友划船出海,却再也没有归来。布罗的尸体,是几天后才在海滩上发现的。早几个月前,她的另一个弟弟山姆病死在牙买加。同一年里她失去了两个弟弟,而且,其中一个是布罗——那个岁数和她相差无几、从小无话不说、几乎像镜子里的投影那样默契的布罗啊!况且,布罗是为了陪她才死的,巴雷特家族因为她而失去了和皇冠上的珠子一样宝贵的长子。她被悲恸和内疚压成了齑粉,用她自己的话来说:"这一击一下子完结了我的青春。"她好几个月完全不想出门,也懒得动笔写信。密特福德小姐想哄她开心,就把自己心爱的纯种西班牙牧羊犬幼崽送给她作伴。幼犬来的那天,她出去相迎,走得急了一些,脸上泛起一片潮热,于是就心血来潮给这只狗取名为"Flush"——Flush 在英文里就是红潮的意思。她从此和红潮形影不离。后世一位极其出名的女作家弗吉尼亚·伍尔夫,还专门给这只狗写了一部传记,书名就叫 Flush。

伊丽莎白呵斥住了狗,在镜子前匆匆照了一下自己的模样。镜子里的那张脸极是消瘦,颧骨像是晾着一层薄皮的铁架子,两只眼睛是两个巨大而幽黑的洞穴,身上的黑长裙衬得她越发面如死灰。她没换衣服,也没有衣服可换。她不太出门,一年到头很少置办新装。自从布罗走后,她就只穿黑衣。箱子里那几件衣裙,颜色和款式大抵相同,唯一不同的只是质地——冬天是天鹅绒,夏天是丝绸。

她对着镜子轻轻地叹了一口气。也许她从母亲身上传承了许多秉性,可是母亲却吝啬地捏住了一样东西不肯松手——她始终没有继承母亲的容颜。这只是灵魂的会面啊,肉身并不重要。她试图安慰自己。可是,灵魂难道不需要一个盒子吗?没有容器的灵魂是飘散在空中的雾气,人总得抓住一样东西才能认出自己的相知。他已经和她通了四个多月的信,然而他不满足于文字里的那个天地。他一次次要求见面,不就是想亲眼一见盒子的模样吗?只是她的盒子实在衬不起内容,她的盒子让内容难堪。

幸好,屋里光线昏暗。厚布帘遮住了半扇窗,墨绿色的常青藤爬满窗台。阳光从窗帘缝和常青藤枝叶中爬过来,已经筋疲力尽。屋里的空气是静滞的,旧墙纸散发着雨季遗留下来的霉味。那种陈腐气息正符合她的心思,她不喜欢光亮,在光亮之下她的自卑无可掩藏。

威尔逊已经整理过房间,所有的东西都摆在应该摆的地方，墙上的三幅作家肖像也挂得很平整。那上面本来是五幅，除了华兹华斯、丁尼生、卡莱尔、马蒂诺，还有一幅就是罗伯特·勃朗宁。决定见面后，她取下了他的肖像，她只是不想让他知道：远在他们认识之前，他就已经是她的偶像。她拿下他的肖像，又觉得对他不公，便也同时取下了丁尼生的，好彼此陪伴。在她的年代里，在家里悬挂心仪的作家肖像也是一种时尚，一如今天的追星。若干年后，在大西洋彼岸一个叫艾默斯特的美国小镇上，她自己的肖像会出现在一位叫艾米莉·狄金森的诗人的卧室里。伊丽莎白歪着头打量了一下墙壁，五张画的空间被三张画占据，略微显得空旷。不过他是不会留意到的，因为他不知道历史。不知道历史的人，总会把现状认为是历史的延伸。

她整理了一下裙裾，在那张带墨绿条纹的米黄色布沙发上坐了下来。她会以这个姿势迎接他，但她知道自己坐不了太久，很快她就会感觉疲乏，得躺下来和他说话——但愿他不会在意。她还没有想好见到他时该说的第一句话。任何见生人的场合都会让她紧张害羞，不知所措。他和她算是生人吗？他们已经在信上说了这么多话。不过，她没有时间为这事劳神了，她准备把这个包袱丢给他。她的几个闺蜜都告诉过她：他常在伦敦社交圈进进出出，应对自如。他是个话痨，有他在，永远不会有冷场的时候。

门外响起了轻轻的敲门声，时钟呱啦一声停摆，停在了1845年5月20日下午三点。这个故事很怪诞，有着极长的铺垫。二十七封信，九年零四个月，再加上十天。可是如此漫长的铺垫却没有将我们引入高潮，似乎铺垫本身成了一个缓慢的高潮。好比一场大戏，开场的锣鼓热热闹闹地响了整整一季，等到大幕终于拉开，观众才发现舞台上并没有节目，幕布之后还是幕布，原来开场的锣鼓本身就是节目。

关于那次见面的唯一记录，是罗伯特在伊丽莎白前一封来信的信封上写下的两行字：

  1845年5月20日，周二

  下午3：00—4：30

那一个半小时里，在温普街50号三楼的那个小房间里到底发生了什么，至今无人知晓。两个当事人似乎达成了不言而喻的默契——他们都很沉默。伊丽莎白在罗伯特离开之后给密特福德小姐写的第一封信里，竟然只字未提他们见面的事。第二封信捎带着讲了几句，说"这位数年来第一个男性到访者"比她想象的年轻，"举止自然但非粗鲁","充满艺术气息"。这只是她对他的粗略印象而已,我们依旧无法从中得知那天发生的事。后世的传记作家对那一个半小时所做的各种猜测,也仅仅是猜测。那个真正的答案,如今已经随着当事人化为烟尘。由于他们的缄默,英国文学史丢失了一页色彩浓重的八卦。

罗伯特回家后,当晚立即给伊丽莎白写了一封信,请她如实地告诉他:今天的会面是不是让她疲乏?他有没有说了什么冒犯她的话?他说话是不是声音太大?他有一个聋人亲戚,他已经习惯了大声说话。他信里的那份小心翼翼,足以表明他没有对伊丽莎白装灵魂的那个盒子失望。或者说,他的心思全在内容上,压根没注意到盒子。

紧接着,罗伯特做了一件鲁莽的事:他给伊丽莎白写了第二封信。就是这封信,引起了轩然大波,差点腰斩了他们之间还相当脆弱的感情。一些传记作家和史学家分析,罗伯特极有可能在这封信里突兀地向伊丽莎白求婚。这封信的具体内容已经无从知晓,因为原信被伊丽莎白退回后又被罗伯特销毁——这是五百七十四封信中唯一缺失的那一封。

罗伯特完全没有预料到伊丽莎白对这封信的反应会如此激烈。伊丽莎白在回信中说:"你不知道你如此的疯言疯语带给我的是什么样的痛苦。"她命令他:"你绝不可以再说（这样的话），不是收回已经说了的，而是**立即、永远忘记你曾经说过的**。"她还警告他：假如他对此事"再说一个字"，他们将永远不再见面。

罗伯特在见到伊丽莎白之前，一直以为她是瘫痪在床的病人，而见面后发现情况并非如此。兴许是伊丽莎白的状况让他看到了他们一起生活的可能性，所以才有了如此鲁莽的举动。而伊丽莎白对此表现出来的强烈反弹，不知是出于自卑，抑或是出于恐惧——怕陷入母亲在婚姻中所经历的那种困境？怕混过场面的罗伯特对自己只是出于一时好奇，逢场作戏？怕自己的病弱之身无法带给罗伯特真正的满足和幸福？我们不得而知。唯一可以肯定的是：第一次见面给两人都带来了巨大的愉悦，但这并不是电闪雷鸣式的一见钟情，至少对伊丽莎白来说不是。

幸运的是，伊丽莎白口气严厉的回信，并没有导致这段关系的终结。罗伯特在此后的交往中显示了足够的韧性和应变能力。一条路走死了，他没有一头撞在墙上，而是转身绕道而行。在那之后，他们依旧频繁地通信和见面，但不再触及那件事，仿佛它从来没有发生过。

罗伯特再次向伊丽莎白求婚，是四个多月以后的事了。那个秋天温普街50号里发生了一件事，意想不到地给他提供了一个契机，促使他再次闯入了那个危险的话题。

1846年9月12日

伦敦

圣玛丽乐邦教堂

一场无人观礼的盛典

爱人,我亲爱的人,是你把我,
一个跌倒在尘埃的人,扶起来,
又在我披垂的鬓发间吹入了一股
生气,好让我的前额又亮光光地
闪耀着希望——有所有的天使当着
你救难的吻为证!我亲爱的人呀,
当你来到我跟前,人世已舍我远去,
而一心仰望上帝的我,却获得了你!
我发现了你,我安全了,强壮了,快乐了。
像一个人站立在干净的香草地上
回顾他曾挨过来的苦恼年月;
我抬起了胸膛,拿自己作证:
这里,在一善和那一恶之间,爱,

像死一样强烈,带来了同样的解脱。

——伊丽莎白·巴雷特·勃朗宁
《葡萄牙人的十四行诗》第27首
(方平/译)

那天天气极好,阳光里没有一丝杂质,风轻柔地搅动着空气,树叶子把每一根纤维都拉扯到极限。这样的日子一年里没有几个,再早些还太热,再晚了就有些凉意。可惜这样的天气对伊丽莎白来说是一种浪费,因为她压根没有在意,她的心里装着别的事。

昨晚她一宿没睡,早上威尔逊唤她起床的时候,她其实只是闭着眼睛装睡。威尔逊帮她洗漱后,穿上一件昨天熨烫过后就摊晾在沙发上的长裙。她没有置办新衣。她自己的收入都交给父亲投资轮船生意,她的每一样花费都得开口问父亲,她不想为穿衣之事惊动父亲。而且,在不是年也不是节的日子里,穿一件新衣服出门也难免有些怪异。

十一点左右,她和威尔逊装作散步的样子离开了家。她扶着威尔逊走下台阶时,阳光照在脸上有些刺眼,腿在微微颤抖。迎面走过的每一个行人似乎都是知情人,他们看她的眼神像贴在她身上的毛毛虫。她以为自己什么都准备好了，事到临头才知道她其实心慌得厉害。只走了几步路，她就觉得头重脚轻，膝盖一软，瘫在了威尔逊身上。威尔逊被身上的重量惊着了，侧过脸来，发觉主人两眼微闭，牙关咬得很紧，抓住自己衣袖的那只手硬得像把铁钳子。威尔逊怕她昏厥在街上，就连扶带扯地拽着她走进了街角的一家药房，让她在椅子上坐下，自己问店员要了一瓶嗅盐。

她闻了几下嗅盐，渐渐地清醒了一些，看了看四周，终于明白：没有人——包括父亲，包括弟弟妹妹——知道她的秘密。威尔逊，世上只有威尔逊，才是唯一的知情人。

威尔逊扶起她，慢慢地走出药房。"就到了，一会儿就到，芭小姐。"

威尔逊是接替私下结婚怀孕的克洛，来到伊丽莎白身边做女仆的。克洛干练果断，任何一桩让主人犹豫不定的事，克洛总能立时替她作出决定。多少年来，克洛一直是她身边可以完全信任依赖的人，几乎是她的半根脊梁骨。克洛辞职时她不知流了多少眼泪，认定了她再也不可能找到一个克洛的替身。威尔逊和克洛完全相反，性情温和怯懦，除了顺从几乎没有别的好处——别的好处是后来才慢慢发现的。她是昨晚临睡前才告诉威尔逊这个秘密计划的。没有威尔逊帮忙,她一个人绝对做不成那样的事。她以为威尔逊会吓成一摊稀泥——在那个年代,女仆一旦卷进这种事,坏了信誉,将来再也不会有东家愿意雇她。没想到威尔逊竟然没有表现出任何惊慌,仿佛主人吩咐她的不过是一件每天都要做的家常琐事。伊丽莎白到此时才终于明白:一个人表面看起来没有主张,只是因为还没有遇上需要作主的事情。

从温普街朝北走,转过一个街角,再有几步,就是她的目的地了。这样的路程,平常悠悠地散着步就到了。这阵子她散步走过的路途,有时比这更长。可是今天不行。今天她的脑子她的心脏她的身子她的脚,没有一样听她使唤,于是她就吩咐威尔逊在街角叫了一辆马车。

马蹄还没在石板路上擦热,马车就已经把她带到了圣玛丽乐邦教堂门前。她一眼看见了两个在门廊里焦急地踱步的男人——那是罗伯特和他的表兄,她的心终于咚的一声落到了实处。她终于可以放心地倒下去了——有他在,她就不至于摔成碎片。

可是她没有倒下。教堂的守门人迎上来,搀着她走下马车,把她的手递给在旁边等候的罗伯特。做这件事的本该是她的父亲,而不是一个连名字都不知道的陌生人。可是她顾不上感叹。这些天发生了太多的事,她没有心思为每一件伤神。

守门人在教堂多年，见过了数不清的婚礼、葬礼、洗礼和命名礼，只是从未见过这样的新娘。新娘穿的是家常的旧衣裙，颜色深得更像是参加丧礼，没有婚纱和盖头，没有唱诗班和花童，没有送行的父亲，也没有观礼的宾客。这是他一生见过的最潦草的婚礼。他狐疑地扫了一眼她的肚腹，她的消瘦反而让他生出了更多的疑问。

但这还不是他看见的最怪诞的事情，最怪诞的事情发生在婚礼结束之后。新娘和新郎顾不上亲吻对方，就神色匆匆地爬上了两辆马车，朝着两个方向飞奔而去。待马车走远了，守门人回到教堂，看见讲台上那本还没有合拢的婚姻注册簿上，有两个墨汁未干的签名：罗伯特·勃朗宁和伊丽莎白·巴雷特－莫尔顿·巴雷特。

从教堂分手之后，罗伯特回自己的家，伊丽莎白却去了她多年的老友博伊德家中，等收拾好纷乱的心情，再回温普街。罗伯特到家后，迫不及待地给他刚匆匆分手的新娘写了一封极为感人的信：

> 昨天你问我是否后悔了？……回顾以往，每一点，每一个字和手势，每一封信，每一阵沉默——你对我来说都是全然完美无瑕的——我不愿意改动一个字，一个

表情……我满怀感激——满怀骄傲……为我的生活蒙你如此加冕而倍感骄傲。

后世在话剧和电影中对这场婚礼的描述,无论是伊丽莎白的穿着还是她与父亲之间的沟通,都纯属艺术家的想象。真相是,她没有给过父亲一个字的暗示,她的父亲从头到尾都蒙在鼓中。

婚礼仪式很简单,只花了几分钟,或许还有几英镑,但通往圣玛丽乐邦教堂的路却走得很漫长。和上一个章节的故事一样,这个故事也有许多繁琐的铺垫,只是这个故事的铺垫终于引领我们看见了高潮。

高潮就是上面那一幕。

罗伯特的第二次求婚,发生在1845年9月25日,离他对伊丽莎白许下那个不提旧事的诺言,只隔了四个多月。他的第二封求婚信,是我今生看到的最不像求婚的求婚信,很难引起任何关于热恋和爱情的想象:

……当我做梦时,就让我做一次梦吧!我会就这样和你结婚。我会招之即来,挥之即去——就如同是你的某一个弟弟……你头疼的时候,我就会在你身边。

和上一次不同的是,伊丽莎白这次没有盛怒。她用极为温存的语言,感谢了他的善意和体恤:"假如上帝在一个不太长的时段内把我从病体的长锁链中解救出来,那么我会在你选的那个时辰里成为如你所愿的人,朋友也好,比朋友更进一步也好……这一切取决于上帝和你。"

即使是神经粗成井绳的人都能从这封信里看出,伊丽莎白以往抵挡婚姻的那堵铜墙铁壁,此时已经出现了一条明显的裂缝。裂缝也许已经在暗地里酝酿了很久,但促使它浮现出来的,却是那个秋天里发生的一件事。

伊丽莎白的肺病,与季节有很大的关联,伦敦湿冷的冬天是她的噩梦。她请求父亲考虑医生的建议,准许她到和暖的意大利城市比萨过冬。她那个做律师的弟弟乔治,也斗胆为她向父亲据理力争。自布罗走后,乔治就成了她最亲近的弟弟。父亲没有答应。五年前就是因为陪同伊丽莎白去海边小镇疗养,巴雷特家失去了长子布罗。这次伊丽莎白若去比萨过冬,家里就必须派一个弟弟一个妹妹陪同。父亲已经失去了两个儿子,不愿意再把剩下的九个子女分成两处,他的翅膀覆盖不了那么远的地盘。父亲忘了,这一年他最小的儿子都已经二十一岁,他们早就不是一群嗷嗷待哺的小鸡了。

父亲的拒绝并不意外,他从来就是个一言九鼎的人。

意外的是伊丽莎白的坚持。只有伊丽莎白心里明白，养病只不过是一个看起来坚实，其实经不起细细推敲的借口。她已经在伦敦熬过了四个严冬，哪一个也没有把她杀死，她最近反而比以往任何时候都更健康。她坚持去比萨，其实是有着自己的小算盘的。她和罗伯特谈了到意大利过冬的计划，他不仅全力支持，而且巧妙地暗示：只要她能成行，他会立即尾随她而去。那么，他们就能逃离温普街那个昏暗的小房间和巴雷特家人无所不在的目光，在比萨和煦的阳光里，自由自在地共度整个冬季。

在罗伯特出现之前，伊丽莎白觉得父亲每作出一个貌似严厉的决定，根底里铺垫的都是对子女无私的爱和仁慈。罗伯特对她讲述了勃朗宁家那种完全不同的父子相处之道，她最初听了只觉新奇。新奇慢慢发酵，演变成了一些复杂的情绪。渐渐地，她再看自己的父亲时，眼光就有了不同。仁慈的严厉里，不知不觉地就夹杂了一丝自私和专横的阴影。"暴君"是罗伯特教给她的一个新词。不，也许这个词很久以前就浅浅地躺在她的意识之下了，罗伯特所做的，不过是将它唤醒。这个词没有让她对父亲生出恨意——她一辈子没有真正恨过父亲，她一辈子都在翘首期盼着他的原谅和认可。只是，自从她认识了这个新词，她突然就看清了自己原来是囚徒。就像《创世记》里的亚当夏娃，只有吃过智慧的禁果，才醒悟自己处在赤身裸体的耻辱之中。

一旦意识到自己的囚徒身份，自由便成了自然而然的渴求。结婚和出走的事，就这样渐渐浮现在罗伯特和伊丽莎白的对话中。其实，这两件事并非一定要捆绑在一起。早在三十一年前，英国诗人雪莱和后来写出《科学怪人》的女作家玛丽·戈德温就已经有过婚外私奔的先例。而八年前，她最崇拜的法国女作家乔治·桑，和并不是她丈夫的音乐家肖邦，在马略卡岛度过了一个沸沸扬扬的冬天。可是伊丽莎白总忍不住想在一件惊世骇俗的事上涂抹一层白漆，她宁愿费劲地把它描述成"没有经过父亲允许的合法婚姻"，也不愿意坦然接受赤裸裸的"私奔"二字，所以，她定下了先结婚后出走的计划。

从下决心到真正行动，又过去了一年。与我当年的想象相差甚远的是：从他写下第一封信算起，到这段感情最终修成正果，这中间总共经历了五百七十四封信、九十一次见面和二十个月的时光。这个过程在有些国家已经换过了几茬君主。

对于罗伯特的追问，伊丽莎白采取的惯常手法是含糊其词和再三拖延。冬天肯定不宜出行，她说，还是等天气和暖些吧。第二年的春天去了，夏天也到了尾声，她依旧没有给他一个肯定的日期。他的耐心渐渐就磨薄了。最后磨穿那张薄纸的，是一些貌似无关紧要的小事。

罗伯特在温普街出现得越来越频繁，待的时间也越来越长，从最初的一个半小时，到后来的两个小时，再到后来的三个小时。但他总是在六点以前离开，以免撞上她的父亲。8月的某一天，伦敦下起了大暴雨，伊丽莎白的父亲不放心，提前下班回家，发现大女儿的房间里竟有男客。那是两个男人的唯一一次碰面。不，这样的说法并不准确。确切地说，是两个男人碰巧都在同一幢房子里，因为她父亲保持了社交的基本礼貌，没有贸然上楼。事后，父亲对伊丽莎白发脾气，责怪她不该让一个男人单独在她房间逗留这么久。女儿解释说客人是偶然路过的，被大雨耽搁不能及时告辞。父亲接受了这样的解释，此事便不了了之。但从那以后，罗伯特去她家时变得更加战战兢兢，如履薄冰。

还有一次，肯扬来看望伊丽莎白，在她屋里巧遇罗伯特。伊丽莎白脸一抹就换了个人，用今天的话来说，是换了一套语言系统，把罗伯特完全当成偶然到访的普通文友，谈话突然就变得正式而疏远起来。罗伯特深感难堪和耻辱。

兴许，一直想袖手旁观的上帝对这进三步退两步、蜗牛式的进展速度也看不下去了,忍不住伸出一个小拇指,轻轻一捅,在那云山雾海间捅出一个洞眼,于是就有了一股推动一切的风。就在罗伯特几乎要下最后通牒的节骨眼上,伊丽莎白的父亲突然宣布了一个重大决定。父亲的决定向来是突然的,因为"商量"这两个字从来不在父亲的词典中。温普街的住宅太老旧了,父亲指令弟弟出去寻找一个临时住处,全家要尽快把房子腾空,好让人来清洗和修理。

这个决定对伊丽莎白来说不啻五雷轰顶,尤其是当她听说弟弟已经找到一个离这里很远的住处,几天之内全家就要搬入。她深知一旦搬迁,罗伯特就很难时常来探望她了。分离的恐惧战胜了一切别的顾虑,促使她作出了立刻结婚和出走的决定。罗伯特占了上帝的一个大便宜。

那阵子伊丽莎白的生活里出现了很多异常,有的细如蛛丝马迹,有的却很昭彰。现在她再也不等弟弟妹妹们取到信后送上楼给她,她的专用女仆威尔逊会直接替她接收。她屋里隔三岔五就会出现鲜花,她脸颊上有时也会浮出花一样的红晕。她的饭量增加了,鸦片酊的服食量却明显减少。她现在能够自己下楼,不用人背,甚至不需要搀扶。她时不时还会出门,有时只带威尔逊,有时跟两个妹妹亨丽埃塔和艾拉贝尔,或者与密特福德小姐和詹姆森太太一起出行,路远就雇马车,路近干脆步行。

她们去公园和植物园散步,去街角的书店坐坐,去看画展,去西敏寺教堂。当她站在西敏寺教堂诗人角的名人铭碑前时,她没有想到,几十年后,她日后的丈夫也会躺在那个辉煌的角落,与伟大的丁尼生为邻。一离开家她就换了一个人,好像从未见过蓝天云彩,从不知道春风树木飞鸟为何物,甚至像个不懂规矩的小女孩,从公园和植物园的树上摘下花来带回家——她只是想把它们夹在书里压扁了,寄给那个时常从他家花园里剪花送她的人。妹妹艾拉贝尔并不知道这些花的用途,忍不住提醒姐姐在公众场合做这样的事"太不合适了"。

伊丽莎白那阵子做得最离谱的一件事,和她的爱犬红潮有关。有一次她上街买东西,一不留神,红潮就被人拐走了。这不是第一次,先前红潮已经被拐过两次。当时伦敦街头有一帮猖獗的小偷,专门拐盗有钱人家的宠物,然后上门索要赎金——这是动物版的绑架勒索事件。伊丽莎白为这只狗先后付了二十镑赎金,而威尔逊当时的年薪,才区区十六镑。前两次都是弟弟背着父亲出面交涉的,而这次弟弟再也不愿与那些下三烂之辈见面,伊丽莎白竟然私下带着威尔逊闯进匪巢,直接求见匪首讨价还价。弟弟得知后,惊吓得浑身瘫软魂飞魄散。这段亲临伦敦贫民窟的经历，为她日后书写长篇史诗《奥萝拉·莉》提供了最直接的灵感，诗中大篇幅的底层生活描述，有她亲眼所见的事实。

伊丽莎白那个吊床、水蛭、拔罐、鸦片，甚至地中海的阳光都无法改变的病体，终于在她三十九岁那年找到了一帖良方。她似乎正在经历延误了二十年的发育期——"就像树木一样长啊长啊——这真是一种奇迹般的感觉，觉得生命从里往外萌芽"。她这样对密特福德小姐说。当然，她没告诉密特福德小姐这个奇迹的名字叫爱情。

罗伯特找到她的时候，她是一堆坚硬的碎片，他把她缝缀成一个柔软的整体。那个向来声称自己是两人中的低下者，并坚定不移地相信"爱只有从仰望而来，深深的仰望"的男人，事实上却一直在为她的生命作执拗的主张：第一封信，第一次见面，让她外出活动，正常饮食，减少鸦片酊服用量，结婚，出走……他在一件一件至关紧要的事上低声下气地坚持着，直至她屈服。

罗伯特异乎寻常的频繁来信和来访，还有伊丽莎白身上的种种变化，不可能不引起家人的注意。与伊丽莎白最亲近的两个妹妹，应该是最先猜到实情的人。不过那也只是猜测而已，伊丽莎白并没有告诉她们自己的真正打算，因为她不想在事情暴露时让两个妹妹陷于父亲的盛怒之中。弟弟们虽然迟钝一些,应该也是看出了端倪的。还有两个在温普街之外的人——一位是希腊语学者博伊德,另一位是一直对伊丽莎白心怀他念的亨特牧师,也多少已心中有数。有一次,到巴雷特家做客的亨特牧师发现伊丽莎白有一位男性到访者,出于好奇和嫉妒,竟然不顾社交礼节跟着罗伯特上了楼。这群离真相的内核非常接近的人,任何一个都可以成为告密者,但是他们没有那样做,一个也没有。他们像一个庞大的互不交谈却心有灵犀的密谋团体,默契地把温普街50号里那个盛怒的上帝,排挤在知情圈外。

等到父亲终于知道实情时,一切都已是无可更改的事实。

1846年9月19日

伦敦

温普街50号

一次没有告别的离去

> 那些缠绕我的小忧烦,
>
> 昨日被我丢弃
>
> 在海边的田野上,
>
> 在嬉戏的风里;
>
> 在牛羊的低唤,
>
> 树叶的沙沙,
>
> 鸟儿的歌唱,
>
> 还有蜜蜂的嘤嗡中。
>
> ——伊丽莎白·巴雷特·勃朗宁
>
> 《那些小忧烦》

前面的秘密婚礼,虽然夹杂着一丝惊险,但只是一场大军事演习之前的小预演,或者说,一场大风暴之前的小雨点。接下来的出走,才是真正的雷霆和飓风。

这一周，伊丽莎白几乎没怎么合过眼，她一刻不停地趴在桌子上写东西，墨水瓶子已经见了底。给报纸的结婚告示，给亲戚朋友的通知，给父亲弟弟妹妹的信，解释缘由，恳请理解，祈求宽恕。她是用命来写这些信的，每写完一封，她就觉得自己又死去了一小片。她还给他们每个人都留下了奥尔良的中转通信地址，因为那是她和罗伯特去意大利的必经之地。她即将失去她的故土和家园，但她不想再失去家人和朋友——在未来很长的日子里，他们将是她和英格兰之间的唯一连接。

整理行装的事，是在写信的空档里穿插进行的。罗伯特再三交代必须轻装，她只能带走一个小箱子和一个布提袋。她明知带不走，却实在割舍不下那些从童年开始收集的书。这些书在她走后被父亲扔进了一个储藏室，后来终于应她要求给她寄到了意大利，随包裹抵达的，还有一张账单。

她在衣物和细软之中一样一样地做着取舍，取的每一样都是必需，舍的每一样似乎也是。屋里真正无法丢下的其实只有一样东西：一沓厚厚的手稿，那是这一年多她偷偷写下的四十多首十四行爱情诗。这些诗是她最私密的心事，她没想过给别人看（甚至包括罗伯特），更没想过发表。她的诗作向来写的都是别人——别人的故事，别人的视角，别人的情绪，而不是她自己。所以当日后罗伯特坚持让她结集发表时，他们给那本诗集起了一个"葡萄牙人"的名字，就是为了让读者以为那诗里的主人公另有其人。

这些事虽然都烦心，但还不是最让她伤神的。最伤神的是她必须在众人面前表现得若无其事。这几天她时刻担心着靠花边新闻挣钱的小报记者，会在教堂的婚姻登记册上翻找出他们的名字，抢在他们出行之前公布这桩"丑闻"，那将会把温普街50号里的每个人炸成一团肉粉。她对狗仔队的惊恐，丝毫不亚于后一个多世纪出生的戴安娜王妃。她现在神经绷得像根随时会断的线，窗台上刮过一片树叶子，父亲轻轻的一声咳嗽，爱犬红潮耳朵微微一抖，她都要打个哆嗦。幸好整个温普街50号上下都在准备着搬家的事，家里的大混乱遮掩住了她的小混乱，没有人注意她那个小房间里的异常。

终于到了周六晚上，那是她和罗伯特事先商量好的出发时间。此时全家都聚集在餐厅用餐，而她向来是自己一人单独吃饭的，这一两个小时里，没有人会发现她不在房间。她不敢问父亲要大笔的钱，那会立即引起他的怀疑。他们只好问罗伯特的父亲借了一百英镑——那就是他们踏上这次遥远旅程的全部资产。

行李已经预先送走，房间却依旧凌乱。她把那厚厚的一沓信，放在桌子最显眼的地方。两个妹妹的摆在最上面，其次是乔治和其他弟弟的，父亲的那封，被她压在最底下。她希望那颗杀伤力最大的炸弹在引爆之前，冲击力能被其他更为柔和的声音稍稍冲淡。

她走到门口，又折回来，在一张肖像前停了下来。这是她父亲的肖像，一直挂在床尾。她特意选了这个位置，就是为了每天醒过来就能看见父亲的面容。她已经记不清她在他的目光之下到底经历过多少个晨昏。她伸出一个指头轻轻地抚摸着画框，似乎想抹去那上面的积尘。其实那上面很是干净，威尔逊严苛的鸡毛掸让灰尘无处藏身。

爸爸，我们还会再见的。她轻声呢喃。她觉得脸上有些刺痒，拿手背抹了一下，才发觉是眼泪。

在佛罗伦萨桂荻居伊丽莎白的卧室里，我看到了这幅油画——那是伊丽莎白私奔之后专门托人从英国越洋运过来的。这幅画像一直挂在她床尾，那个她每天醒来第一眼就可以看见的地方，就像她年轻时那样。油画旧了，背景颜色开始变得晦暗，但我依旧可以分辨出爱德华·巴雷特的面容。画像上的他三四十岁，微微发福，脸上没有那个年代的中年男人画像里普遍可见的皱纹，嘴角许诺了一丝笑意，但眼睛并没有兑现，神情看起来绝对算不上严厉，但也远非慈祥。

父亲原先是她的星星啊,在她的生活天地只是那个小房间的时候,他替她分辨着晨昏,光照着她的路,给了她方向。只是后来她走出了小房间,她发现了太阳。有了太阳之后,星星就黯淡了。可她还是忍不住贪心,她想在拥有太阳的同时也拥有星辰,于是,她一辈子都没能过去父亲这道坎。不是她不想过,是父亲不肯让她过。她出走后,曾给父亲写过无数封信,父亲后来把那些信悉数退回,她这才知道,那些信父亲根本没有拆封过。为了能让父亲拆信,她甚至让儿子写信址,托朋友从英国邮寄,以免信封上出现她的笔迹和意大利邮戳。她费尽千般心思,都没有得到父亲一个字的回应。她终于从父亲身上明白了:世上最残忍的报复是沉默。

父亲把对她的报复,延续到了她的儿子,巴雷特家族的第一个外孙身上。

有一次伊丽莎白到英国旅行——那时离她出走已经过去了九年——依旧未婚的妹妹艾拉贝尔带着伊丽莎白已经六岁的儿子潘回到温普街玩。当时谁也没意识到父亲在家。父亲听见厅里有喧笑声,走出来,发现是他的儿女们正在和一个小男孩嬉闹。窗口的光线朦胧地勾勒出孩子身体的轮廓,父亲看了男孩一眼,刹那间,感觉一阵晕眩。时光倒流,他仿佛又看见了小时候的布罗——那个十几年前淹死在海里的长子。他拉过乔治问这孩子是谁,乔治说是芭的儿子。父亲沉默了片刻,转身进屋,说了一句:"上天啊,他来这里做什么?"孩子立刻被带走了,没和老人说上一句话。这就是他和自己亲外孙一生中唯一的一次交集,以沉默开始,以沉默终结。

父亲的震怒并没有因着他的死亡而消逝。父亲用白纸黑字的方式告诉伊丽莎白,他对她的愤恨并不会终结在今生。父亲死后公布的详尽遗嘱里,从头到尾没有出现她的名字。

"芭小姐,该走了,勃朗宁先生在等。"威尔逊轻声提醒她。

伊丽莎白撩起披肩的一角,擦干了脸上的泪痕,朝门外走去。她这一脚跨出去,就会把她在伦敦的熟人圈子劈成两半,一半站在这边,一半站在那边。站在她这边的有男人也有女人,比如她的两个妹妹、闺蜜密特福德小姐、詹姆森太太、马蒂诺小姐、她多年的朋友博伊德,还有表兄肯扬,等等。他们都经历了短暂的震惊,因为事先毫不知情,但都选择了理解和支持。诗坛巨匠华兹华斯在听说了他们的私奔之后,也说了一句算是宽容的话:"希望这两个诗人能相互理解,因为别人谁也理解不了他们。"后来那个几乎替代了父亲位置的表兄肯扬,还慷慨地答应给他们一年一百英镑的资助,并在身后给他们留下了一笔可观的遗产。

站在那边的全是男人,都来自巴雷特家族。父亲的震怒是可以想象的,伊丽莎白没有预料到的是弟弟们的反对,包括见过罗伯特几面并对他印象良好的弟弟乔治。在未来的日子里,她和弟弟们的关系会慢慢地修复,却再也回不到从前的亲密无间。伊丽莎白的出走给巴雷特家族的颜面上狠狠砍了一刀,但时间终将慢慢愈合粗粝的伤口,只是留下了疤痕。

威尔逊牵着狗,扶着主人,悄悄地离开了温普街50号。威尔逊没有回家辞别母亲和姐妹,就踏上了这段前程未卜的路途。她用温顺和果敢,扶着主人走过了一摊声名狼藉的烂泥,想都没想过主人鞋上的泥也会成为她脚上的泥。威尔逊没读过什么书,并不知道她的行为假若出现在诗歌里,将会以"忠诚""美德""舍己"这样的词来形容。她不懂这些,她只是在尽着她的本分。后世回忆起这段英国文学史上惊心动魄的私奔场景时,都会想起女主人和男主人,甚至会记得那条跟随他们跨越英吉利海峡的西班牙牧羊犬,却没有几个人会想起那个默默地补缀着一个庞大逃亡计划里一个个小漏洞的普通女仆。甚至连她的女主人,后来也淡忘了她的好处,在她最需要帮忙的时候,不肯对她伸出援手。

天已经有些黑了,伊丽莎白却觉得还不够黑。这几个星期她已经把一年多里积攒的力气消耗殆尽,她知道自己这一刻的样子一定会惊吓到迎面走过的路人。她步履踉跄,跌跌撞撞,几乎是被威尔逊架着走的。

在不远处等候的罗伯特看到伊丽莎白时,吃了一大惊。他一周未见的新娘,此刻看起来像是一张揉得满是皱褶的纸。他把她抱进马车时,感觉她只有两片肺叶的重量。

她瘫在罗伯特的膝盖上,散成了一堆骨头渣子。她没有力气撞开那两片重如山石的嘴唇,说不出话。不过她心里是明白的。她生命里关于英格兰的那个章节已经翻过去了,新的章节是意大利。这个章节只有标题还没有内容,内容正等着她和身边这个用身体驮着自己的男人一起去书写。

2018年6月5日
佛罗伦萨
新教徒公墓
奥萝拉和一个自由派的修女

> 艺术在苦难中行动：
> 艺术家的职责是知行合一，
> 定睛在碌碌众生，
> 专注锐利
> 猛然一转，将内心深思
> 向外抒发
> 半是痛苦，半是狂喜……
>
> ——伊丽莎白·巴雷特·勃朗宁
> 《奥萝拉·莉》

我很早就知道奥萝拉（Aurora）这个英文单词。我学习这个单词的方法，和我以往学习外文单词的方法不同。年轻时听老师说过，掌握词汇最有效的方法是从词源词根开始，然后拓展到词的基本用法，再到词的延伸用法，像顺着树根往上走，慢慢摸索到果子。而我学奥萝拉这个单词，却完全是倒行逆施——从果子开始，东一颗西一粒，稀里糊涂毫无章法地碰到了根。

我最早知道这个词，是因为诊所里的一位同事——她家住的小镇，就叫奥萝拉。这个单词含有两个彼此挨得很近的卷舌音，发音时我才突然意识到我的舌头有多厚实。所以我跟同事讲话时，总会用"你们那个镇"来取代"奥萝拉"，以免造成丢脸的口腔事故。后来我才知道奥萝拉原来是极光的意思，镇名就是从这里来的。

再后来，同事辞工做了全职母亲，我也从听力康复医师变成了自由写作人，再也不需要为那个发音有些难度的词来折磨我的舌头，我和奥萝拉就此相忘于江湖。

与这个词再度相逢，是几年后的事。我计划写一个欧美女作家散文系列，其中之一就是法国作家乔治·桑。做案头工作时，我才知道乔治·桑在成为乔治·桑之前，真名就叫奥萝尔。而奥萝尔的英文版，就是奥萝拉。于是我明白了，奥萝拉既可以是一种大气现象，也可以是地名，还可以拿来作女人的名字。如此而已。我对这个词的理解，依旧停留在果子层面，并无意深究。

真正触摸到这个词的根，是2018年6月的一天，在佛罗伦萨的一座墓园里。我去墓园的原因很简单：我在写欧美女作家散文系列人物之一伊丽莎白·巴雷特·勃朗宁，我想去看一看她的墓地。

那次的旅途很长，从多伦多坐飞机到罗马，再从罗马坐火车到佛罗伦萨。为了避免吃闭门羹，出发前我已经做好了功课。我打听好了公墓的开门时间、公交车的站头、伊丽莎白坟墓的大致位置，我也查到了守门人是一位名叫茱莉亚的天主教修女。这样容量的信息对我来说正合宜，少了可能找不到路，多了会耗费库存很少的记忆。我只是没想到，那天伊丽莎白在冥冥之中给了我一个惊喜：不仅让我顺利找到了她的长眠之地，而且还让我看见了她的守护天使。

那个墓地的正式说法是新教徒公墓，但当地人习惯叫它英国公墓，因为当年佛罗伦萨城里住着很多英国人。在伊丽莎白那个年代的意大利，新教徒死后不能入葬城里的天主教堂墓地，只能葬在城外，所以意大利许多城市都有新教徒墓地，英国著名诗人雪莱和济慈，就是葬在罗马的新教徒墓地的。

抵达墓地时，正是午后，墓园里没有一个游客，四周很是寂静，只听见昆虫的翅翼在草丛和树枝间嘤嗡振动。接待室的门大开着，里面似乎没人，我只在一个角落里看见了隐隐一角白布。我轻轻敲了一下门，没有动静。再敲,就看见那角白布在挪动,一个穿长袍戴头巾的女人站了起来。刚才她其实是坐在一张椅子上的,只是她身子窝得很低,我看不清她到底在看书,还是在剪指甲,或是在织毛衣。我猜到那就是守墓的茱莉亚修女。我见过很多天主教修女,她们大多穿黑袍戴黑头巾,头巾上翻着一圈白边。我从来没见过这个颜色的袍子,那是一种天空刚刚被创造出来、尚未经历风雨阳光的蓝,淡淡的,干净的,与世无争。我不知道颜色的差异是季节的缘由,还是派别、等级之故,我怕露怯,没敢问。

我开始结结巴巴地介绍自己:"中国来的,住在加拿大,作家。不,不是英文,是用中文写作。写欧美女作家,采风……"我这时才发觉自己的履历太古怪,复杂到一嘴的英文竟然不够用。

白头巾握住了我的手,手掌温热多肉,一丝淡蓝色的笑容出现在被阳光晒红了的脸颊上。我在猜她的年龄。范围很大,从六十到一百,我不敢确定。等我知道她是八十一岁时,年龄已经成了无关紧要的细节。

"跟我来,给你看样东西。"

她带我走进对过的一个房间。我一进屋,屋里的摆设立刻将我砸晕。这间屋子堆满了书,从地板到天花板,每一个角落,每一面墙,每一沿窗台,每一个家具之间的空隙。我没想到一个做了守墓人的修女，会拥有如此丰盛的书库。

她摊开一本厚厚的来宾留言册，指着某一页几行流利遒劲的英文字对我说："这是一位和你一样的中国人，从美国来，到这里找他爷爷的踪迹。"

我发现上面的留言是：

很神奇看到了伊丽莎白·巴雷特·勃朗宁的记忆，她是我祖父（徐志摩）极为欣赏的一位作家……

我吸了一口气，忍不住感叹：一个人可以五年十年地过着死水一样的日子，却会在某一个偶然转身的时刻，猝然撞见意外的惊喜。

我想起了很多年前看过的一篇散文，是讲徐志摩费心费力地寻找探访身罹重病的女作家曼殊菲儿的事情——我的毕业论文，做的就是关于她的研究。除了徐志摩，谁能想得出曼殊菲儿和翡冷翠这样的译法呢？和这样的翻译相比，曼斯菲尔德、佛罗伦萨只是一串没有质地和色彩的刻板声音。徐志摩大约总是喜欢那一类身子孱弱、灵气逼人的女子，不分国界和族裔，也不管能不能娶回家做妻子。后世总爱拿陆小曼的大烟瘾和林徽因的玉洁冰清相比，好像总得制伏了一头，另一头才能存活似的。其实，一千个样子的美都可以并存，世上唯一需要孤立的，只是罪恶。

"你对伊丽莎白知道多少呢？"白头巾问我。

我想说"不少"，可是溜出舌头的却是："不多。"我知道都是屋子里那些书惹的，那些书让我脱了鞋子走路，坐着时踮着半个屁股，舌头有千斤重，说话要经过三道筛子。

"看过这本书吗？"白头巾从书架上拿下一本深红色硬封皮的书，书名是《巴雷特家族》。我惭愧地摇了摇头。

"不怪你，这本书发行量很小，都是做学术研究的人看的。"

她翻开书，指给我看书里的目录："这本书可以说是巴雷特家族的发家史，有空你找来翻一翻，就知道好些背后的事。巴雷特男人们做的有些事，在英国都是捂着不说，或者一笔带过的。"

我觉得我在渐渐接近神话的另一个版本。

"茱莉亚修女，你怎么会有这么多书呢？"我好奇地问。

她看了我一眼，过了一会儿，才轻描淡写地说："我在大学教过书，提前退休了。"

我吃了一惊，但那还不是震惊。震惊是我晚上回到住处，看到她留给我的网址时才发生的。那时我才明白我行前的功课不过是浅浅地蹭破了一层表皮。

在她公布的个人履历上,有这样的一些描述:

> 科罗拉多大学(中世纪研究)荣休教授
> 出生地:伦敦
> 国籍:大英帝国子民;美国公民;欧盟公民
> 居住过的国家:英国、法国、美国、意大利
> 外语技能(依娴熟程度排列):意大利语、法语、拉丁语、希腊语、希伯来语、西班牙语、俄语、葡萄牙语、德语

我突然很想知道,她会用哪一种语言做梦。

履历上列出的,还有她长长的论文专著发表年表,以及她儿子和孙儿孙女的名字。

没在简历上列出的内容也有许多,比如她是英国一位新闻记者的女儿,成年后到美国接受高等教育。曾经是英国国教的修女,后来却成了天主教隐士,并看守一个新教徒墓园。她把这个常人不可思议的跨越,戏谑地称为"自由供职"。

我以为我见过了世界,现在我才醒悟我其实只认识一条路,这条路的名字叫常规。我走在常规的藩篱之内,不

知道藩篱之外才是星空。我不知道人生是一个小径交叉歧路丛生的迷宫，可以直行也可以绕道，可以一条路走到黑，也可以随时从一条路跳往另外一条。最远的路不见得是最难的，就像最近的也不一定是最好的。

我也不知道一个修女可以是曾经的母亲和妻子，一个墓地看守者可以是研究诗歌的学者，宗教可以是枷锁，也可以是砸烂枷锁的铁锤，故土可以不是家园，眺望之地都有可能是新大陆，离去也是归来的方式，年龄只是丈量精神身高的一个尺度。

她从书架上抽出另外一本书，放在我面前："这是我替企鹅出版社编的新版《奥萝拉·莉》。"

奥萝拉。我与这个词的尘缘未绝，我在这里与它再次相遇。

《奥萝拉·莉》是伊丽莎白最野心勃勃的一部史诗作品。诗中的女主人公是一个名叫奥萝拉·莉的女子，她梦想成为伟大的诗人，带着探索诗魂的激情，行走在欧洲大陆。她遭遇了一波三折的爱情，爱上了一位心怀理想要征服贫穷改造社会的男人。在这部长达九卷的诗作里，伊丽莎白借着奥萝拉的视角，探讨了各种错综复杂的社会问题和艺术家的职责。自1856年出版后至1900年止，重印了二十多次，被著名艺术评论家约翰·罗斯金誉为"十九世纪最伟大的长诗"。可是繁忙的二十世纪淹没了奥萝拉和罗斯金的声音，这部长诗再无新版出现。

"是我写信给企鹅出版社主动请缨的。"茱莉亚修女说，"伊丽莎白前面所有的书，都是男人编的，也应该有一个女人编的版本了。"

我发现茱莉亚修女讲话中大凡出现"男人"这个词时，语气都是加重的。假如把她的语气也记录下来，那这两个字应该是粗体，然后下面再加一根粗杠。

"我唯一的要求是，封面要由我来定。"她说。

这是一帧陌生的封面，与伊丽莎白之前的作品风格大不相同。封面上是一尊大理石雕像：一个全身赤裸的女子，斜躺在一块石头上，闭着眼睛，面容凝重忧伤。

"这是米开朗琪罗的石雕奥萝拉。"茱莉亚修女解释道，"奥萝拉是罗马神话里的黎明之神，每天一早飞过天空，宣告太阳神来临。"

我感觉我的心往下沉了一沉，触碰到了一种粗粝结实的东西。是根。二十年了，我走走停停，磕磕碰碰，今天终于在无意间找到了奥萝拉这个词的根。从黎明之神，到光亮，到极光。这是根的延伸，而地名人名书名，都是根结出来的果子。

后来茱莉亚修女告诉我，米开朗琪罗的石雕奥萝拉，是给当时统治佛罗伦萨的美第奇家族所做的墓饰。米开朗琪罗曾经借黎明之神的口说:只要佛罗伦萨还处在暴君的统治之下,她就不想醒来看见黎明。伊丽莎白在《桂荻居窗口》里,也提到了这件事:

> 缓慢的黎明和日暮之神,用不悦的眼光
> 打量着他那个早已湮灭的家族的骨灰
> 他们再也不能阻挡人类的脚步。

"世上那些人,总把伊丽莎白当作一个病恹恹只会写爱情诗的女子。我编这本书,选这个封面,就是想让人看见她的激情,她的愤怒,她的不羁。"茱莉亚修女说。

把她这一刻的语气记录下来,每一个字都应该是黑体加横杠的。

"我选这个封面,还有一个原因——伊丽莎白最崇拜的一个作家,也叫奥萝拉。伊丽莎白起书名的时候,说不定也想到了她。"修女说。

我知道她说的是乔治·桑。伊丽莎白很早就开始读乔治·桑的书,乔治·桑的世界对她是个极大的诱惑,尤其当她还被困在温普街50号三楼那个昏暗的小房间里时。她把乔治·桑的书形容为"蛇书"——《创世记》里引诱夏娃吞食禁果的那种蛇。1851年冬天，她和罗伯特到了巴黎，她打发罗伯特带着一封卡莱尔提供的介绍信，满城寻找乔治·桑的踪迹，直到第二年年初，才终于联系上。乔治·桑答应见她一面，但又说"不能肯定那个时间会不会在"。罗伯特脆弱的自尊受了点小伤，伊丽莎白却毫不在意。

约好见面的那天极冷，罗伯特劝阻不住妻子，只好用几条厚披肩将她从头到脚裹得严严实实，塞进一驾加了暖炉的马车。为了防备咳嗽，她带着呼吸器去见了她的偶像。那是一次"客客气气"的会面，乔治·桑在她的嘴唇上轻轻印下一个吻，她激动得差点昏厥过去。后来，她写了两首致乔治·桑的十四行诗，赞颂她是"具有渊博头脑的女人和浩大心怀的男人"。乔治·桑看到了，淡淡一笑说：我不是她说的那个人。乔治·桑当时已经名扬天下，欧洲文坛的男人们，有一半在诋毁诅咒她。另外的一半，则聚集在她的餐桌上和石榴裙下。而伊丽莎白当时刚刚在英国诗坛为人所知。乔治·桑并不在意伊丽莎白再给她添上一根蜡烛——她已经有了足够的光亮，而伊丽莎白却渴望乔治·桑能在簇拥的人群中留给她一个独特的眼神。日后伊丽莎白也会有长长一队给自己举蜡烛的人，比如那个在自己的卧室悬挂她画像的艾米莉·狄金森，还有那个把自己的诗作恭恭敬敬地献给她的爱伦·坡。

"这些年,巴雷特家有人来看过她吗?"我问。勃朗宁夫妇的独生儿子潘身后没留下合法后裔,而巴雷特家族庞大,应该还有很多旁系亲属。

"前几年有姓巴雷特的人来过,他们依旧以她为荣。"她说。

"遗憾,他没来过。"我说。这才是我真正想说的话,前面的只是引子。

我们都知道这个"他"是谁。我们同时陷入了沉默。

她去世后,他又活了二十八年。他先是带着儿子回到伦敦住了二十五年,最终和儿子搬到威尼斯,并在那里辞世。但他没有来看过她,一次也没有。来看她的是她的儿子。她去世四年后,他的朋友莱顿勋爵为她设计的大理石棺椁落成,他没来。她去世十四年后,她最钟爱的弟弟乔治写信给他,告诉他她的棺椁严重风化,他依旧没来。我狭小的心眼不能理解他的缺席,我和天底下的俗人无二,我希望那个以完美开始的神话,也能以完美结尾。

其实,他的缺席并不只是发生在她的身后。在她还在世时,尤其是她生命的最后几年,晚上他时常会把孩子留给她和女仆,自己独自外出,有时直到凌晨三点才回。在罗马逗留时,他会在美酒晚餐音乐之后,跳上一驾马车去斗兽场，欣赏月光之下的古城。

传记作家们写到这些场景时，总会加上注解：这是她主动要求他这样做的，她希望他身心得到放松。

我神经的细触角从那些注解里探测出一丝维护体面的小心翼翼。真相也许是这样，也许不完全是。她罹病多年，虽有好转，毕竟体弱，又经过一次极为艰难的生产和三次流产——其中一次几乎让她丧命。在那个避孕措施匮乏的年代，她的医生一定警告过她再次怀孕的致命风险。她和罗伯特，还剩下多少床笫之欢的可能？他比她年轻六岁，依旧健康，旺盛的生命力需要释放。纯粹的精神吸引，能经得起多少日常琐事的损耗？消磁是物理现象，不能简单地使用诗情和善意化解。

在生命的最后几年，她应该是个寂寞的女人。要不，以她向来清醒睿智的头脑，何至于深陷在通灵术之中，对与彼岸世界的交流有着不可理喻的痴迷呢？她死得太早，但也许死得正是时候，或许她死在了那个神话正要变馊的节骨眼上。那是一种好死法。

"你知道吗？他给她安排葬礼是草草了事的，还给她请了一位英国国教的神父——明知她憎恨英国国教。她死后，他把她的东西随意送给别的女人。"茱莉亚修女说，然后又轻轻一笑打住了，"我不该说那么多，有人该不高兴。"

他不是完美的,她也不是。她在《奥萝拉·莉》中显露的对贫穷和社会不公的愤怒与同情,不全是她个人生活的完美谐音。比如她道义上的慷慨大方,并没体现在忠心的仆人威尔逊和因悖逆父旨而深陷贫困的妹妹亨丽埃塔的身上,尤其是在她从肯扬表兄那里继承了可观的遗产之后。

这个被塑造得完美无瑕的神话里,存在着一些不是几个注解就可以解释过去的裂缝。或者说,一个神话故事其实还可能有另外一个版本。只是后世不喜欢两个版本的神话,一个版本的故事容易记住,也便于流传。

我们的谈话在这里被打断,一个被紫外线晒得黝黑的年轻女子捧着一个花盒子走了进来,身后跟着一个拿着花铲的男人。茱莉亚修女向我介绍说这女子是她的帮手,男人是女子的丈夫。我知道她收留了一个吉卜赛女子,这些年她都是靠自己菲薄的退休金、稿费以及偶尔的捐款维持着墓园的管理费用。他们低声地用意大利语商量着什么,茱莉亚修女抱歉地跟我说她要处理一下园子里的事。于是,我就跟在他们身后,离开图书馆,朝墓园走去。

白日将尽,夕阳给墓园涂上了一层油画般凝重的色彩,树木是那种疯长之后沉静下来的深绿,花是盛开和凋谢之间的那种沉红，连蝴蝶的翅翼都染有一层铁锈色。我走在那条平整洁净、留有明显扫帚痕迹的小径上，一眼就看见了伊丽莎白的棺椁。热恋时罗伯特曾把她称为"沙皇皇冠上的大号钻石"，死后她依然是。她的石棺，被六根粗壮的石柱高高擎起，是整个墓园里最醒目的景致。大理石棺椁上雕着精致的花纹，正中间有一个圆形的女子雕像——高挺的鼻梁，曲卷的头发梳成辫子，向后盘成一个优雅的髻子。那不是她，而是一个抽象的诗神。棺椁上没有她的名字，只有代表着她名字缩写的 E+B+B；也没有她的出生年月，只有一个辞世年份"1861"。我沿着她的石棺走了两圈，没有找到任何她诗句的引文，只有茱莉亚修女种下的石榴树，在黄昏的风中沙沙作响，隐隐对应着她丈夫生前的名篇《铃铛与石榴》。

这座高洁优雅充满诗情的坟墓，却有一个巨大的缺憾——主人身份的缺席。为了给来访者指路，茱莉亚修女在路边竖了一块写着伊丽莎白全名的石条标记。与她的棺椁相比，葬在离她不远处的兰多——那个曾经在肯扬的家宴上口吐莲花，后来在意大利承蒙罗伯特多年关照的英国诗人，墓碑上已经显示出了颓败的迹象。

她没能和她的丈夫长眠在一起。罗伯特辞世时，儿子潘曾想把父亲埋葬在母亲身边，然而英国公墓当时无人管理，陷于破败之中，不再对外开放。于是，她就永远孤独地躺在了这里。幸好，她有一位守护天使。

我不禁回想起在桂荻居，她的记忆和他的记忆也是被一堵墙分隔在产权各异的两个房间。唯一让我感到欣慰的是，他们的朋友，美国十九世纪最著名的女雕塑家哈莉特·霍斯默在1853年为他们铸了一副手模。她的手握在他的手中，她显露的是手背，瘦骨嶙峋，他显露的是手掌，温润柔和。那一年她四十七岁，他四十一岁，霍斯默把他们永久地固定于这个年纪和这个姿势。如今这副手模陈设在桂荻居，弥补了他们生前身后的一切分离。

在伊丽莎白墓前，我和茱莉亚修女留下了一张合影。她的淡蓝，我的赤红，陪衬着伊丽莎白的洁白，那是一场色彩的盛宴。

我和茱莉亚修女相拥吻别。临走时她对我说："我们很相像，都在不是自己国家的地方，用自己国家的语言，写自己国家的事。"我怔住。我觉得我有限的朋友里，多了一个知音。

1861年6月29日

佛罗伦萨

桂荻居

生活,真的很美?

> 一年正值春天,
>
> 一天正值清晨,
>
> 清晨正值七时;
>
> 珠露遍布山野,
>
> 云雀高天展翅,
>
> 蜗牛恬息荆枝;
>
> 上帝稳坐天堂——
>
> 世上万物皆安!
>
> ——罗伯特·勃朗宁
>
> 《皮帕走过》

那一阵子她身子很虚弱——她身子永远很虚弱,只不过有的时候比别的时候更虚弱而已。而现在,她就处在"有的时候"。罗伯特小心翼翼地看守着她,但也没有格外紧张。她总是能从深渊里爬上来,一次又一次。她的生命是一棵奇特的病树,总是在行将枯朽的时刻,出乎意外地爆出一条新枝。

这半年死神肆虐。先是妹妹亨丽埃塔身患癌症去世。亨丽埃塔违背父命,嫁给了一个穷得叮当响的远方表亲,生下三个孩子,和她一样,被父亲剔除在遗嘱受益人之外。由于搬离伦敦加上经济困窘,亨丽埃塔不能随意外出旅行,和她极少见面。这个和她关系一直很亲密的妹妹的离世,让她悲痛欲绝。至此她的旧友博伊德、表兄肯扬、闺蜜密特福德小姐、詹姆森太太,还有她多年的爱犬红潮,都已去世,他们一点一点地削弱了她关于英格兰的记忆。

三个星期前,加富尔伯爵染上疟疾猝然辞世,当时他担任意大利首任首相职位才刚刚三个月。加富尔是伊丽莎白心目中的英雄,她在他身上押上了对意大利未来的全部赌注。即使是那个骁勇善战的加里波第将军,也无法和加富尔的价值相比。伊丽莎白曾经说过:"一百个加里波第也抵不上一个加富尔。"她崇拜起人来,就是这么离谱,就像她对那个亲自带兵出征意大利与奥地利人作战的拿破仑三世,还有那个她甘愿冒着冻死的危险也要见上一面的乔治·桑。加富尔的突兀死亡让她陷入了铺天盖地的阴郁之中。

自从离开英格兰，意大利时局就成了她心尖上拴得最紧的一根绳子。不知从何时起，她和罗伯特谈起意大利时，会加上"我们的"这个物主代词。意大利在统一之路上迈出的每一步，都把她推向狂喜的巅峰。可是狂喜仿佛带着诅咒，身后总是跟着一次重大的败仗、一纸令人心碎的妥协，又将她掷入万丈深渊。每一次的起落，都在一小片一小片地绞割着她的心她的肺，痛是痛的，但还不至于不能承受。她只是没想到累积的钝痛和突发的剧痛一样，都能致命。她为意大利点的那盏长明灯，已经耗尽了她生命的脂油。

前几天天气闷热，她忍不住打开窗户透了一会儿风，结果受了点风寒，咳嗽加剧。她的咳嗽，是那种把肺提到嗓子眼的咳嗽，用地动山摇来形容也不为过。咳嗽也是一种重体力劳动，她这阵子只喝驴奶和羹汤，已经没有力气应付那样繁重的劳作。她感觉体乏，连罗伯特把她从床上抱到起居室的靠椅上坐一会儿，都能让她精疲力竭。

都以为这只是她许多次风寒中的一次，不过是虚弱的肺再一次撒娇，想让人知道它的存在而已。没有人想到这次风寒是死神派出的使者，已经牵着她的手，走到了这个世界和那个世界的分界线上。

前一天，他们的朋友伊莎来访，带来了意大利局势的新闻,她听得两眼发光,面颊上泛起桃红。罗伯特及时制止了这个话题,但她依然久久处于兴奋之中。

晚上上床之前,她自己洗脸刷牙梳头发,竟然没让女仆帮忙。罗伯特坐在她身边守了很久,她睡得并不安生,在夜半和黎明之间那个最诡秘的时辰,突然讲起了胡话。罗伯特大惊,抱她起来。最近她又增加了鸦片酊的剂量,是不是出现了幻觉?她搂着他的脖子,轻声呢喃着他的名字,一次又一次地亲吻他。他问她舒服吗,她说一句"好美啊",额头抽搐了一下,就歪倒在他身上,陷入了沉睡,面容突然变得如同少女般光洁无瑕。

过了一会儿,他才意识到她已离他而去。这一次,是永远。

"好美啊。"这是她留给人世间的最后一句话。

那一刻,她想起了什么?是桂荻居窗下那些过节般的色彩和音乐,那些常年不息的流动盛宴吗?是她一生中写过的最动人心弦的诗篇吗?是她遭遇过的别人三辈子也不可能遭遇的爱情吗?是她在四十三岁时以老去之身诞下的那个健康而伶俐的儿子吗?是她结识的那些才华横溢的朋友,比如卡莱尔、罗斯金、乔治·桑、萨克雷、丁尼生、玛格丽特·富勒、哈莉特·霍斯默,还有那个用一本《汤姆叔叔的小屋》改变了美国历史的小女人哈丽叶特·比切·斯托?

英格兰给了她一颗在低沉的天空下依旧能维持呼吸的心脏,意大利给了她在艳阳之下呐喊的肺活量;英格兰教会她灵魂需要在孤独静默中得到滋养,意大利让她懂得肉体是值得欢庆的宝藏;她从英格兰的词典里学到了节制,也从意大利的词典里学到了狂放。她得到了两片土地上最好的珍宝,她用"好美啊"的感叹,在爱人怀里画下了生命中一个满足的句号。

当然,她还有遗憾。她没能等到亲手剪去潘的长卷发的那一天,没能亲眼看见儿子从一个精致的小男孩,长成一个威武的男子汉;她也没能看到罗马和威尼斯成为意大利版图上的两个圆点;她那个四年前辞世的父亲,至死也没再和她有过一个字的往来……可是这些遗憾跟她一生捡拾到的美好相比,是可以接受的瑕疵。

她的葬礼在她去世后的第三天举行。在她棺木旁边行走的,是神情麻木的罗伯特和同样神情麻木的潘,他们还没有真正意识到她再也不会回家,痛定思痛还需要更长的时间。葬礼太仓促,很多人都没赶到。她身后只是一支小小的送行队伍,其中没有一个巴雷特家的人。等消息通过遥远缓慢的邮路最终传到温普街,已经是几个星期后的事了。

她的灵柩走过长街,街道两旁房屋的窗口上,依旧垂挂着悼念加富尔的黑旗。附近的店铺都关了门,却是为她。她的去世,在佛罗伦萨引起的关注,远胜过伦敦。佛罗伦萨人在桂荻居的门上,为她悬挂了一块纪念石匾,至今吸引着游人的目光。

伊丽莎白已经死去一百五十七年,她留下的记忆,被岁月洗了又洗,还能剩下多少呢?活着的人,又会怎样记住她呢?一个常年罹病的女人?一个终生沉浸在爱情中的妻子?一桩惊世骇俗的私奔案的女主角?一个喜欢使用怪诞韵脚的女诗人?一个用撕扯到极限的声带热烈地赞美也愤怒地呐喊的反叛者?

我不知道。

留在英格兰记忆中的,大概会是她的《葡萄牙人的十四行诗》。而意大利人记住的,可能是《桂荻居窗口》。茱莉亚修女印象最深刻的,应该是她亲手编辑的《奥萝拉·莉》。而我的记忆力早已不够记诗,我还是试图记下桂荻居门上的那块石匾吧:

> 伊丽莎白·巴雷特·勃朗宁
> 在此写作并辞世
> 她以一颗女人的心,融汇了学识和诗魂

她的诗句是联结意大利与英格兰的金指环
心怀感激的佛罗伦萨城

> 1861年
>
> (叶俊/译)

2018年7月24日于多伦多

艾米莉·狄金森

有一种诞生叫死亡

狄金森肖像,陈设于狄金森故居,是存留于世的唯一一张证实为其本人的照片,摄于十六岁

狄金森故居侧面现状

狄金森故居现状。另一头是她哥哥居住的常青居。就是在这条小径上，狄金森的信使给她的灵魂知己、嫂子苏珊送过无数封信

狄金森墓。墓碑上常年摆放着世界各地的书迷献给她的纪念品

作者在狄金森故居前留影(何琨/摄)

艾默斯特
只有字母 h 是缄默无声的

　　艾默斯特地处马萨诸塞州中西部，距历史名城波士顿一百五十公里，约两个小时的车程。在美国地图上你肯定找不到它的踪迹，只有在放大了的马萨诸塞州地图上，你兴许能发现一个代表它的小圆点。最近一次的人口普查资料显示，艾默斯特的居民人口为37819人。这样的小镇在新英格兰地区比比皆是，它们都是从十七世纪欧洲移民的最早居民点发展而来的。

　　从五月花号启程至今将近四个世纪里，涌向美洲大陆的移民潮似乎一天也没有停息过，只是迁徙的理由变了。沿着五月花号所开辟的海路过来的那批人，并不是为了躲避战乱灾荒，也不是为了追求财富，至少在启程时不是，因为他们知道在等待他们到来的那个新世界里——假设他们能够平安抵达的话——除了一片广袤的天空和一片同样广袤的土地，几乎一无所有。他们甚至也不是为了好奇。

好奇或许可以让一个族裔冒出三五个冒险家,却没有哪种好奇,可以让如此庞大的一群人同时决定放弃家园,去追随一个前途未卜的梦。他们背井离乡,仅仅是为了找到一个可以按照自己的方式敬拜上帝的地方。他们的愿望只有两个字:自由。这两个字很大,大到穷尽英格兰国土也无法找到一个容身之处;这两个字也很小,小到一只箱子就装下了。他们踏上漂洋过海的航程时,并没有意识到他们正在书写一部惊心动魄的迁移史诗,在他们之后的年代,由此引发的这种大规模迁移,再也没有被另外一群人复制过。

他们在哈德逊河湾,在马萨诸塞湾领地,在新英格兰区域停下了脚步——向南和向西的延伸是更晚一些的事。气候和土地都欺生,最初的磨合很艰难,疾病和死亡每天都可能发生。他们从印第安人那里渐渐学会了应付寒冬和耕种玉米的技能——这两群人之间的惨烈厮杀也是更后来的事。在打下新居的第一根木桩时,他们就已经开始筹划教堂街市学校甚至墓园的草图,灵魂和躯体的所有给养和安息之需,都在他们的思虑中。他们没有退路。他们的故土,那个只允许一位君主一种信仰一种崇拜方式存在的国家,已经是他们生命中无可更改地翻过去了的旧页。他们和他们的孩子,还有孩子的孩子,将世世代代以这片新大陆为家。只是当时他们绝对没有预料到，这块他们正在试图征服的蛮荒之地，会在三百年后成为世界政治和经济版图的中心。

在新英格兰地区如繁星般散开的居民点，到处可以找见拓荒者身上的清教徒印记：他们谨守每一个安息日，用圣经的教导约束自己，管教家人；他们辛勤劳作，勤俭度日，努力戒除诸如酗酒赌博此类的坏习惯，与邻舍和睦相处。艾默斯特当然也不例外。假若非得在艾默斯特居民身上找出一个与其他人群的不同之处，那就是，艾默斯特人从来不吝惜自己的声音。在日渐成型的政治行政管理体制里，他们从一开始就有着强烈的参与意识，绝不放过任何一个发表见解的机会，积极争取每一项属于自己的权利。这个传统一路传承几个世纪，直到今天，当艾默斯特人介绍自己的区域历史时，仍然会带着溢于言表的骄傲，告诉每一个路过他们地盘的人："在我们艾默斯特，只有字母 h 是缄默无声的。"[1]

根据历史记载，英国移民最早抵达艾默斯特的日期，是1727年，那时这块土地还没有名字。这群信奉"自助者天助"的加尔文派教徒，相信财富是上帝赏赐给他虔诚

---

[1] 在 Amherst 这个地名里，h 是个哑音。

而勤劳的子民的珍贵礼物，所以他们在创造和积攒财富的过程中，鲜有其他教派信徒所具有的扭捏之态。这群既循规蹈矩又敢想敢干的拓荒者，在脚跟尚未站稳的时候，就兴建了这里的第一处公墓——那是他们不再迁移的坚定决心。如今在这处名叫西墓园的墓地，埋葬着一群小镇历史上最显赫的人物。

1759年，距他们最早落脚日期的三十二年之后，艾默斯特正式成为行政定义上的镇。很快，这个小镇就有了一条名为主街的主要街道。其实这条街当时就是一条泥泞的车马道。渐渐地，车马道上有了客栈、理发铺、裁缝铺、染坊等店铺，镇上居民的简单需求，可以在这里得到简单的满足。今天的游客若略微细心一点，就会发现美国大大小小的都市村镇里，几乎都有一条名叫主街的街道——那是早期拓荒者留下的第一串足迹。随着艾默斯特的日渐发展和繁荣，镇民的需求也呈几何倍数增长，列在单子前几位的，是教堂、医院、大学、银行、铁路，以及更大的墓地。在后来的日子里，这些需求会在一群如今可以称为有远见的企业家手里，一一实现。

物质生活渐渐稳定后，精神生活的需求便开始凸显。剧院、音乐厅、画展在那时都还是相对遥远的憧憬，新大陆的社交生活内容相当贫乏。除了在安息日穿上最体面的服饰去教堂聚会,便只能挑一个风和日丽的日子和三五友人驾着马车出游,或者在草地上铺一块桌布野餐。不,我说漏了一件事,一件对后世来说相当紧要的事——书信往来。生活内容的单调和贫乏,给情绪腾出了巨大的空间,书信恰到好处地钻进来,填补了这个缺口。书信不仅可以写给居住在马车无法抵达的地方的人,也可以写给隔着一条篱笆的某位近邻。书信不光用来叙事——叙事只是通信的一个附属功能——更多的是用来聊天。电话和电脑都还是匍匐在未来世界某个角落里的怪兽,电邮、脸书、微博和微信尚处在几个世纪的漫长孕育过程中,书信生逢其时地承载记录了情绪未经稀释时的原始状态。

那个时代,每个家庭都积攒了无以数计的私人信件。那时新大陆的居民中流行着一个不成文的习俗:亲人逝世后,家人会找出他生前收到的所有信件,或者销毁,或者寄回给写信的那个人。这个习俗基于一个简单的信念——信是两个灵魂间的私密低语,第三双眼睛看到便是亵渎。人们给这个习俗起了一个恰如其分的名字:大扫除(house cleaning)。对当今这个可以在朋友圈晒内衣的时代来说,这个习俗显得矫情,可是它让我感动:这个习俗的骨子里,藏的是对文字和私人交流的高度尊重。

可是,也就是这样一个习俗,几乎酿下了一桩大错,让世界文学史险些错失了一个至关紧要的名字。

以上这些话听起来有些不着边际,却不跑题——这些人这些事与我们即将出场的主人公有着千丝万缕的联系。它们是她的前史,它们是决定她之所以成为她而非别人的一个重要因素。当然,这还不是全部因素,因为我们不应忘记上帝。上帝将她创造出来的时候,或许在不经意间揉进了一样东西,那样东西叫天分。它把她跟人群分得很开很远。

1886年5月15日,距艾默斯特建镇一百二十七年之后,主街上一幢颇具气势的楼房里,一个五十五岁的女人去世了,死因据说是一种当时医疗条件尚无法确诊的肾病。女人患的不是急症,她已经卧床数月。她有足够的时间在陷入弥留状态之前交代完身后事。女人交代的事很具体也很细致,包括棺木的颜色、抬棺的人选,甚至棺木离开家时的路径。但这都还不是女人最紧要的后事。

"字纸,那些字纸,你一定要烧掉,在我走后。"女人在病床上对比自己小三岁的妹妹说,口气微弱而坚决。

妹妹应承了,心里却没有特别在意。

妹妹没有特别在意,不是因为她不爱姐姐。姐姐在她心中占有的分量,远胜过哥哥嫂子,甚至胜过父母。妹妹只是觉得这事不需交代,这是习俗。

姐姐死后，妹妹很久都无法从哀伤中走出。自从十二年前父亲去世，母亲紧接着中风卧床，最终在四年前离去，她和姐姐一直相依为命。不，相依为命并不能准确地描述她和姐姐的关系，她其实更像是姐姐的影子。姐姐定义了她的存在，她不知道影子脱离了本体该如何单独生存。等她终于从惶然无措中清醒过来，捡拾起足够的勇气走进姐姐的卧室，开始一场迟到的"大扫除"时，已经是几个月后的事了。

姐姐的房间还是原来的样子，似乎姐姐只不过是到花园去了，随时会带着一捧雏菊回来。白色的床单底下，是一只似乎不太平整的枕头，不知那是不是姐姐的头压过的痕迹。掀开窗帘，一眼就可以看见通往哥哥家的那条小径，雏菊还在开，却不是姐姐见过的那一茬了。姐姐看书写字的那张桌子，依旧摆在窗前。姐姐说过她把桌子摆在那里，是为了一抬头就能看见在花园里跑动的侄子和侄女。只是他们现在都长大了，走起路来已经有了大人的沉稳。从前怎么就没有注意到姐姐的桌子竟是这么小，小得只够铺开一张信纸？姐姐写信的时候，胳膊肘该摆放在哪里？

房间靠墙的那头，摆着一个樱桃木的柜子。妹妹走到柜子跟前时，脚步慢了下来。这该是姐姐存放书信的地方了,她想。她拉开抽屉,发现里边有一个沉甸甸的木匣子。妹妹打开木匣子时,心突然停跳了一个节拍。

匣子里是几沓手工装订的册子,一本压着一本。她数了数,整整四十本。

每一本上都写着诗。

不是十首,不是百首。这些册子,再加上陆续找到的一些零散纸片,上边写着的,是一千多首诗。

关于妹妹发现诗稿的具体日期,还有诗的准确数目,后世有诸多版本的传说。有一点我们可以肯定,那就是妹妹看见那些文字时的震惊。妹妹知道姐姐生前爱写些小诗,有时放在信里,寄给远方的友人,有时夹在园子里采摘的花束中,让帮工送给某位生病或失去亲人的街坊。妹妹只是没想到,姐姐竟然积攒了这么多首诗,就在她的眼皮底下。

"字纸,姐姐说的是字纸。也许,姐姐的意思只是指信。"妹妹捧着那些留有姐姐指痕的诗册,犹豫了。

下不去手啊,她实在下不去手。她不忍,火柴也不忍。

妹妹并没有意识到她那一刻的犹豫究竟意味着什么。因着那一刻的犹豫,她给美国文学史留下了一个不可替代的章节,给她身后世世代代的专家学者,留下了无数个谋生的饭碗。

诗册的主人叫艾米莉·伊丽莎白·狄金森。档案资料显示，她的出生日期是1830年12月10日。

而在我看来，那并不是她真正的出生日期。她诞生于木匣子被开启的那一刻。

不，确切地说，她诞生于在木匣子被开启之后的第四年，她的第一卷诗集问世的时候。

也就是说，她生于死后。

她一生都在艾默斯特生活，是地地道道的艾默斯特人。她的父亲，父亲的父亲，都是艾默斯特人。可是她的诗，却不是艾默斯特的，因为在她的诗里，每一个字母都发音，就连那个本该喑哑的 h，也在扯着嗓子呼喊。

隐居

灵魂挑选寥寥知己

> 灵魂挑选寥寥知己,
> 然后,心扉紧闭。
> 对那些显赫大众,
> 销声匿迹。
>
> ——艾米莉·狄金森
> 诗第303首[1]

尽管当地的报纸刊载了一篇精彩的讣告,艾米莉·狄金森的死依然像一阵轻风,在艾默斯特的水面上擦出三两道浅浅的波纹,就被人遗忘了。镇上的人大多没见过她的脸,即使见过,也是几十年前的事了——那时她还是个

---

[1] 1955年,托马斯·约翰逊出版了《艾米莉·狄金森诗全集》,将1700余首诗按照大约的写作时间顺序编号。本书中所引用诗作均沿此编号。——编者注

年轻女子。街坊邻居谈论起她来,很少使用她的名字,而是称她为"狄金森先生的长女",或者"奥斯丁的长妹"。当然,这些称呼还会时常伴随着一些心照不宣的面部表情和几个诸如"古怪""神秘""难以捉摸"这样的形容词。

和十二年前父亲的那场葬礼相比,艾米莉的葬礼安静得如同是安息日的早餐。她父亲爱德华·狄金森出殡那天,镇上所有的店铺都关门歇业,向死者致以最后的敬意——那情形几乎是一场迷你国葬。在艾米莉去世九年后,她哥哥威廉·奥斯丁·狄金森的葬礼和父亲的一样,也是艾默斯特的一桩重大公众事件。他的遗孀在他墓前立了一块巨大的镶着铜牌的石头,上面铭刻的是全镇人的心声,只是怎么也不像是一个妻子的口吻——在后边的章节里我们会知道其间的原因。如今这块巨石依旧矗立在奥斯丁自己创建的野林墓园中,只是铭牌已经被一个多世纪的风霜销蚀成绿色。

艾米莉家的三代男人都当得起这样的葬礼——假如她的爷爷塞缪尔·富勒·狄金森不是因命运捉弄而死于俄亥俄州的话。

塞缪尔是一位出色的律师,从他开始,律师就成了狄金森家族的标志性职业。他是镇上的书记官,担任过十二年的国会众议员和一年的参议员。可是真正让艾默斯特人记住他的，还不是这些，而是那座几乎是他单枪匹马创建的艾默斯特学院。这座创始于1821年的私立学校，是艾默斯特的第一所高等学府，也是2015年全美文科学院排名第二的优秀学校。塞缪尔创建这所学院的最初蓝图里，就已经包括了女子的平等受教育权。他曾说过这样的话："一位好农夫也应该让自己的女儿们接受良好教育……包括对我们自己的语言，对地理，对历史，对数学和自然哲学要有透彻的了解。女性的心智是如此的敏感，如此的可教，真不应该被忽略。"

中国有句俗话："三代出贵族。"这里更多的是指精神气质的沉淀过程而非简单的财富积累。或许诗人亦然。当艾米莉的生命尚在遥遥地等候着被创造的那个契机时，她的祖父似乎已在冥冥之中为她编制了一个文化摇篮。

塞缪尔为艾默斯特学院投进了超出他力所能及的财力和精力，把自己和家人逼入了一个捉襟见肘的窘迫境地。1833年他不得不宣布破产，带着全家到俄亥俄州谋生。再次回到艾默斯特，已经是十多年后的事——他和妻子的尸骨，被迁葬到了狄金森家族的墓园。

塞缪尔和艾米莉生命的交集，只有短短几年。祖父的形象，在她心中是模糊不清缺乏细节的。可是祖父却给她留下了一样东西，使得他成为她生命中无所不在的现实：

祖父在1813年建造的名为狄金森家园的楼房——极有可能是艾默斯特的第一幢砖楼，是艾米莉度过一生中大部分光阴的地方，也是她的诗歌孕育出生的暖房。

塞缪尔举家迁往俄亥俄州时，只有长子爱德华选择留在艾默斯特。关于爱德华当时为何决定留下，后世已经无从考证。艾默斯特人回望自己的历史时，忍不住感叹爱德华的这个决定，是上帝赐给他们何等丰硕的一个祝福。

爱德华从耶鲁毕业，在接受相关的法务训练后，便和父亲一样成了一位杰出的开业律师。他从父亲手里接过的，不仅是律师这个职业和对公众事务的热心，同时还有一个财务烂摊，包括那个奄奄一息的艾默斯特学院和已经出售的狄金森家园。虽然是一脉相承的父子，他和父亲却有着一个极为关键的不同：他没有父亲身上那种接近于赌徒的冲动和狂热，他稳健务实的个性使得他在十几年的时间里，成功地让艾默斯特学院起死回生并从此站稳了脚跟；他买回了那座艾米莉曾经度过童年的狄金森家园，让他的家人得以在此终老；他使狄金森家族名下的土地，得到了一次又一次的扩张。

这只是他的私人生活。与他一生所从事的公众事业相比，他的私人生活不过是一片单薄的影子。他担任过多个重要公职，比如艾默斯特学院的司库，比如马萨诸塞州议会议员，再比如美国国会议员……但这些都不是他最引以为傲的。如果他只能在自己繁星一样璀璨的业绩中挑选一件来炫耀的话，那一定会是他在1850年代引进艾默斯特的那条铁路线。一直依赖马车维系与外边世界往来的艾默斯特镇，从此成为蜘蛛网一样密集而四通八达的美国铁路系统的一个停靠站。

后世流传的多个版本的传记里，最常用来描述爱德华性格的词是"严厉"。在留存于世的少数几张照片中，我们可以看到他眼窝深陷，目光冷峻，嘴角抿得很紧，鼻翼之下有两条很深的法令纹——他似乎从来就没有年轻过。他是个虔诚的清教徒，谨守每一个安息日，在空闲时诵读圣经。尽管他给子女们提供了良好的受教育机会，却不喜欢他们（尤其是两个女儿）读小说。小说会扰乱她们的思想——他这样认为。他不喜欢看见家人饮酒，欢闹，玩扑克牌或骰子游戏。艾米莉称他为世界上最纯真也最可怕的人。

爱德华对孩子的不苟言笑，在后世流传的两件轶事上可以略见一斑。据狄金森展览馆的一位讲解员介绍，年轻时的艾米莉喜好音乐，弹得一手好钢琴。有一天，她在邻人家的钢琴上边弹边唱一首圣诗，一时兴至，便将歌词随意改成了俏皮的小曲。她父亲听见了甚为不悦，当着众人的面将已经成年的女儿斥责回家。艾米莉在给朋友的信中曾经提及，她一直到十五岁才知道怎么看时钟，因为父亲教她的时候她没听懂，她却不敢承认，也不敢去问别人，怕父亲知道了要责怪。

艾米莉一生与父亲的关系，都像一条扯得很紧的橡皮筋。对这个在家里说一不二的男人，在孩童时期她显示的是一种简单的顺从。等她渐渐长大，便开始反抗父亲的极权。艾米莉的反抗从来不是直截了当剑拔弩张的，她很早就无师自通地学会了如何绕着父亲的旨意行事。她那句很著名的诗，可能就是她心境的真实写照："真话要全说，却要说得婉转。"到了中年，她的生命之河已经遭遇多次的起伏和分流，有了认命之后的祥和宁静，她才终于找到了一种与父亲相安无事的相处方式。

狄金森家族男人的公众角色，并没有随着爱德华的离世而宣告终结，作为长房长孙的奥斯丁，从父亲手里接过已经传承两代人的家族传统：当律师和从政。与祖父和父亲不同的是，奥斯丁似乎对艾默斯特之外的世界并没有多大的野心，他的关注点几乎都放在了镇务上。这位哈佛法学院毕业的高才生，在父亲病重之际，接任了艾默斯特学院的司库——这个职位在狄金森祖孙三代男人手里传承了大半个世纪。他同时还担任艾默斯特村镇改建协会的主席和镇协调官——这是镇上最德高望重的职位。他创建了位于主街上的第一公理教会。不知在选址上是否存着一两分私心，那座带着尖顶的敦实砖石建筑，就坐落在他家对面，一家老小去做礼拜时只需要跨过一条街。他还创建了艾默斯特第一个私人墓地"野林墓园"——那里埋葬着他的一家，还有那个不是他妻子的女人，以及她的家人。不知这两家人在身后的那个世界里是否相安无事？艾默斯特镇发生的每一件事，似乎都留下了奥斯丁的指纹。那个不是他妻子却比妻子还了解他的女人，曾经在写给他的信里说过这样一段话：

> 我猜想在这个镇上，若你不在近旁（指点），则没有人可以出生，婚嫁或者入葬；也没有人可以决定投资，购买阴阳宅地，出售报纸，建造房屋，或选择职业。

这虽是情人之间的小戏谑，却也在一定程度上反映了奥斯丁之于艾默斯特不可或缺的重要性。

但假若你把奥斯丁想象成和他父亲一样虔诚、严肃、不食人间烟火的清教徒的话，那就大错特错了。只比艾米莉大一岁半的奥斯丁，身上流淌的是与诗人妹妹气质相近的血液，他对艺术、文学、哲学有着广泛的兴趣。他们年轻时，兄妹俩保持着非常密切的通信，几乎无话不谈，很遗憾这种相知在他们成年后，尤其是在奥斯丁结婚有了孩子以后，被日常生活的诸多琐事渐渐淡化了。在奥斯丁身后存留下来的大量情书和日记中——是写给妻子之外的那个女人的——我们不仅发现了他内心炽烈的浪漫激情对坚实的道德堤坝的凶猛撞击，也看见了他广猎群书的印记。

把狄金森家族的三代男人比作艾默斯特镇的基石和栋梁，应该毫不过分。而狄金森家族的女人们，则只是这些男人的耀眼光柱下的黯淡阴影。艾默斯特人绝对没有想到，"爱德华的长女""奥斯丁的长妹"有朝一日竟然会彻底颠覆这个权力架构，把狄金森男人们变成"艾米莉的父亲"和"艾米莉的哥哥"。

艾米莉小时候性格开朗活泼，酷爱音乐和阅读，喜欢结交朋友，对镇上的一切热闹有着明显兴趣。两岁时她曾在孟松镇的姑妈那里待过一小阵子，姑妈夸她是"一个非常健康和知足"的好孩子，"很少生事"。在艾默斯特学校读书期间，校长对她的印象是"一个非常出众的学生，举止堪称楷模，谨守学校的各项制度"。在学校里，她结识了几位意趣相投的女同学，和她们建立了贯穿一生的友情。其中有一个女子的名字需要特别提起：苏珊·亨廷顿·吉尔伯特，她后来成了艾米莉的嫂子。她们之间的通信维持了四十年,在后三十年里,她们是隔壁邻居。她在艾米莉生命中的角色,将会是另一个章节里的内容。

求学期间,艾米莉在给一位朋友的信中曾经说过这样的话:

> 我很快就会长得漂亮了,真的!我期待着十七岁时成为艾默斯特镇的大美人。我一点也不怀疑到那时我身后一定会跟着一大群追求者。

一个妙龄女子的自信和蠢蠢欲动的春心,在这里显露无遗。

就在写这封信期间,艾米莉与母亲同去照相馆,拍下了一张照片——这是她唯一一张流传于世并被证实为她本人的照片。在这张照片里,她直发中分,身穿黑色长袖衣裙,领口和袖口都扣得很紧,脖子上缠着一条系成结子的布带——这是那个时代清教徒女子的典型装束。她两只眼睛分得很开,目光尖锐,鼻子很长,嘴角敦厚,几乎找不到笑意。那个拘谨严肃缺乏灵气的女子,和艾米莉自述的漂亮相去甚远,甚至与顺眼都存在着一定的距离。我原先想在这里使用"自恋"这个词,后来我就憎恶了自己的苛刻:十六岁本身难道不就是一种美丽吗?十六岁不需要任何形容词。

后来在狄金森故居,一位讲解员向我解说了那张照片的背景。当时使用的是早期的银版照相技术,其弊端是被照者需长时间保持一动不动的姿势,从而导致表情凝重僵硬,至此我才终于理解为什么那个时期的历史照片上很少看见人的笑容。

二十五岁时,艾米莉和妈妈及妹妹一起,去华盛顿探望时任国会议员的父亲。她们在那里逗留了三个星期,游览了华府的许多名胜古迹,包括美国专利署和弗农山的华盛顿故居。回程时她们又在费城小作逗留,就是在那里,艾米莉结识了长老会的牧师查尔斯·沃兹沃思。他们之间从此建立的交往,是后世对艾米莉感情生活丰富联想中的一个重要环节。艾米莉对所到的每一个地方,都充满热切的好奇。和很多从未跨出过家门的同时代女子相比,艾米莉算是小小地见过了世面。

艾米莉年轻时的性情,即使是最挑剔的眼睛,也很难找到指向后来隐居习性的蛛丝马迹。可是在二十八岁前后,她开始渐渐缩回她的龟壳——那个她终老于斯的狄金森家园。三十四岁和三十五岁之间,她先后两次去波士顿治疗眼疾,那是她给外面世界留下的最后身影,自此她就再也没有迈出过家门一步。关于她为何会成为"女王隐士"

的原因,后世的专家学者有许多个版本的猜测。"女王隐士"是她家族的老友塞缪尔·鲍尔斯为她量身定制的称呼,这个称呼恰如其分地将高贵和怪诞融于一身。有人认为她的隐居是一场不可张扬的恋爱所带来的重创,沃兹沃思是主要嫌疑人之一。支持这个观点的人指出了艾米莉给朋友的信中隐晦提及的"一件可怕的事"——这是一个始终没能查出谜底的谜。也有人认为艾米莉患有癫痫。在那个年代,癫痫是与魔鬼联系在一起的病,患者和家人都讳莫如深。支持这个观点的人拿出来的证据,是艾米莉书信里提到的语焉不详的发病事件,以及她的家族病史和药房里发现的处方记录。哪一种说法都似乎有些道理,哪一种说法也都显得证据不足。总之,知道真相的少数几个人都已经跟随艾米莉去了另外那个世界,此事已经成为文学史上永远无法侦破的悬案。

艾米莉虽然从此足不出户,关于她的怪诞举止,镇上的人却依旧时有耳闻。裁缝铺里传出来的故事是:"那个女人"要缝一件白布衣裙,却不肯来量尺寸,连裁缝上门去也不行,最后只好找了她妹妹来——两人的身材大致相似。

教会牧师的孩子们嘴里,又有另外的故事:"那个女人"从窗户里看到几个孩子经过,想给他们送几片新烤的面包——女人的烘烤技术是一流的——却又不肯下来见他们，结果就从窗口吊下了一个篮子。

医生说的恐怕是荒诞故事中的极品："那个女人"叫他来瞧病，却又不让他趋近，只肯从他坐的那个房间门口经过，让他遥遥地看上一眼。"这样的看病法，除了腮腺炎之外，我还能诊断出什么来？"医生叹息道。

假如医生知道"那个女人"的父亲去世，在家里举行葬礼，她也只肯将自己的房门半开着，却不愿现身下楼，他大概就不会发出上面的惊咋声了。

狄金森家园是镇上社交活动的中心，家里经常有各样的聚会，没有宾客会期待狄金森家的长女出来迎接他们。其实她也并不总是躲在自己的房间，有时她会坐在楼梯拐角处的那片阴影里，聆听楼下会客厅纷杂的谈话声。假若正好是她感兴趣的话题，她冷不丁也会丢下几句话来。她的话在楼道里遥遥地传过去，被距离撕出嘤嘤嗡嗡的诡异回声。天长日久，人们渐渐习惯了楼梯口的那个神秘存在，把它当成狄金森家园的一个组成部分。

在艾米莉的生命中，"隐居"恐怕是被使用得最为频繁的一个词。这个词既准确又充满了歧义。没有走出家门的只是艾米莉的身体，而艾米莉的灵魂，却一天也没有停止过在宇宙天地中的远行。在那些足不出户的漫长岁月里，她的心始终以各种方式敞开着，对她所信赖的人，有时是一束夹带着便条的鲜花,有时是一篮带着烤炉温度的面包,有时是一封夜深人静时写下的长信。

更多的时候,是一首随手写下的诗。有的寄出去了,有的没有,被她锁在那个樱桃木的柜子里。她写给苏珊的无数书信中,有一句被后世反复引用的话,似乎最适宜用来形容那些躺在柜子里的诗的心情——假如诗也有心情:

小心地开启我(Open me carefully)。

诗歌
思想比穹苍更辽阔

> 思想，比穹苍更辽阔，
> 因为，若把二者放在一起，
> 他们不仅能相互容纳，
> 轻松地，而且还能，囊括你
> ……
>
> ——艾米莉·狄金森
> **诗第126首**

在艾默斯特学校的七年中，艾米莉接受的是维多利亚时期的经典教育，涉猎的科目极广，包括古典文学、拉丁文、历史、植物学、地质学、心理哲学以及数学等。毕业后，她被父亲送到离家十六公里的曼荷莲女子学院继续就读。很可惜，她在那里只待了十个月，便被父亲急招回家。关于艾米莉突然离开曼荷莲的原因，后世也有很多揣测，比较流行的一种说法是：艾米莉的父亲极端恐惧他的女儿会在学校里染上肺结核——那个时代的不治之症。艾米莉的每一次伤风，都会让他惊魂丧胆。在艾默斯特学校时，艾米莉就数次因为持续不愈的咳嗽而停学在家。只是这一次，艾米莉再也没有返校。她的正规教育，终止在她十八岁那一年。

但艾米莉的阅读并没有因为辍学而停止，反而因为没有课程的管束而进入了一个相对的自由期。勃朗特姐妹，莎士比亚，朗费罗，华兹华斯，济慈，勃朗宁夫人，乔治·艾略特都是她喜爱的作家，后两者的画像，就悬挂在她卧室的墙上。对于莎士比亚的剧作，她是这样评价的："除此之外为何还需要别的书？"而对乔治·艾略特，除了欣赏，她还多了一丝同为女人的怜悯："逆境是上帝为精英而选择的，不是吗？"此话与孟子"故天将降大任于斯人也，必先苦其心志，劳其筋骨，饿其体肤"几乎有异曲同工之妙。可是经典并没有妨碍她接近流行小说，她的一只爱犬的名字，以及后来自己墓碑上的铭词，都来自她喜爱的流行小说。

艾米莉的文学素养，除了来自维系一生的阅读习惯，还来自她同样维系了一生的通信习惯。在艾米莉身后的"大扫除"中，哥哥奥斯丁和妹妹拉维尼亚已经焚毁了亲友们给艾米莉的绝大多数来信，而苏珊给她的信，竟然还奇迹般地存留了几封，这也显示了她们之间往来书信的数目，已经多到"野火烧不尽"的地步。艾米莉写给他人的信，真正存在世上的并不多。在哥哥和妹妹的双重严苛"审查"下幸存的，大多只是艾米莉书信的草稿和誊写本——艾米莉有抄留副本的习惯。当然，现在已经无从考证这些信的正本是否确实被寄出过。其实，这些誊写本也已经不是原貌，至多只能说是片段，因为兄妹俩在多处动过刀剪。从这些副本的片段里，我们可以窥见艾米莉心智和性情的流动轨迹：读过的书，正在写的诗，家中的来客，镇上发生的事……把这些没有多大关联的事件串在一起的，是她狡黠的幽默和忍不住冒出来的小小尖刻。

在她年轻一些，尚未进入"隐居阶段"的日子里，除了书信交往，她也喜欢和人谈天——和她的朋友圈子，和父亲那些见识渊博的律师同事，和哥哥带到家里来的哈佛才俊。她贪婪地吮吸着这些人带给她的学识和营养。

在她的朋友中，有一串很有意思的名单，这些人身上有着几个共同点：他们都是比艾米莉年长的男人，都带领艾米莉从不同的小径进入过文学的幽深之处，而且，他们都有家室。比如艾默斯特学校的继任校长雷亚那多·汉弗雷，狄金森律师事务所的见习律师本杰明·富兰克林·牛顿，费城牌坊街长老会的资深牧师查尔斯·沃兹沃思，新英格兰地区最有影响力的报纸《斯普林菲尔共和党人》的主编塞缪尔·鲍尔斯……这份名单还可以一直延续下去，不过因为篇幅的关系我不得不就此打住。还有一个最重要的名字，留在更后边的篇幅里详述。

艾米莉写给他们的信中始终跳动着一条共同的脉搏：恭谦得接近于肉麻的景仰，稍有言过其实之嫌的强烈依赖感，与调情只差一条危险的细线的机智调侃。不知这是维多利亚时期的典型文风，还是艾米莉的独具匠心？这些刀剪之下幸存的信件片段，把这些男人固定在了导师—兄长—朋友—情人之间的四不像的尴尬位置上。可以想象那些毁于刀剪之下永远不可能再见天日的片段里，承载着的，又是什么样的大胆？书信里的艾米莉，与"隐士"形象相隔的，是一个宇宙的距离。那些被艾米莉称作"导师"甚至"主人"的男人在世时绝对没有想到，他们的生活细节将被后世的传记作家和专家学者一遍遍挖掘，与艾米莉残留的文稿中那些明叙隐喻作繁琐的印证和对号入座，一轮又一轮。

从曼荷莲辍学后，艾米莉回到家中，帮助母亲料理家园中的各样琐事。她做得最好的两件家务，是烘烤和种植花草——她把它们做到了超凡入圣的地步。家园中常年散发着新鲜糕饼的香味。餐厅外的那个玻璃暖房里,异域花草在她的哄骗之下违背季节的旨意随时开放。

当然,她在家里做的不仅是这些。在所有繁琐家事的缝隙里,她写信,也写诗。

"我知道艾米莉·狄金森最言之凿凿的东西,是在厨房的储藏室里写的,就在她给牛奶去脂的时候,那么清凉,那么安静。"与艾米莉交情至深的小表妹路易莎·诺克斯回忆道,"因为我就坐在门后的小板凳上,充满了喜悦,倾听她把写的东西读给我听。窗帘虽然关着,可是从绿色的百叶缝里,她看见了街外发生的那些迷人的尘起尘落,并把它写进诗里。"

在她身后被整理发表的一千七百多首诗,有大半是在她二十八岁至三十四岁的六年里完成的,而三十二岁那年,也就是1862年,她竟然写下了三百六十六首诗。

在艾米莉创作力最旺盛的时期,美国正如火如荼地打着一场内战,南方军和北方军都伤亡惨重。广袤的美利坚国土上,很难找到一处世外桃源。艾默斯特学院院长的儿子弗雷泽·斯泰恩的战死,把这场战争的硝烟味带到了艾默斯特镇。艾米莉为这个年轻的生命哀恸,可是战争似乎依旧遥远而模糊。

"战争对我来说是个间接的存在。"她在给文友加"导师"托·温·希金森的信中这样说。她写这封信的时候,希金森正在前线行军。艾米莉的诗里写到了死亡,那时和以后都有,但艾米莉的死亡是和宇宙、灵魂、上帝相关的,与战争灾难无关。艾米莉的死亡没有长脚,落不到地上。

当千军万马在国土上席卷而过时,她在卧室的那张小桌子上,在厨房的储藏室里,在暖房的阳光下,悄悄地进行着一场一个人的战争。这场战争没有领土争端,没有战书,没有盟军,甚至也没有敌人。她在进行的,是一场文字的暴动。维多利亚时期的诗歌,有着严明的韵律和行文规则。艾米莉带着接近于复仇的快感,用她的笔单枪匹马地冲击着那些规则所限定的疆界。她将韵律扭扯得不成形状,随心所欲地使用怪诞的比喻,率性地处置大写字母,像扔石子一样随地丢掷破折号。对她来说,诗的定义是感觉,而不是格律。"假如我读一本书,它让我感觉我的整个身体冷到没有一种火可以暖和过来,我就知道这是诗了。"她说。

艾米莉不仅挣脱了诗歌形式的束缚,也冲破了诗歌内容的界线。在生与死之间,上帝与无神论之间,爱情与逃离之间,激情与嘲讽之间的灰色地带里,她开辟着独属于自己的蹊径,恣意行走,将维多利亚时期诗歌的架构,掏得只剩下一个空壳。等人们意识到这场一个人的暴乱给诗歌带来的颠覆性后果时，已经是下一个世纪的事了。

艾米莉对诗歌进行的那场革命十分彻底——从内容一直到包装。艾米莉写诗的用具十分简单，早期是铅笔，中期铅笔和墨水笔交替使用，后来干脆就只用铅笔头以便随身携带。而她对纸张的选择，更是随意至极。除了那四十本手工装订的诗册，其余大量的诗都是随手写在诸如巧克力包装纸、杂货袋、旧信封内里此类的废纸片上。那个时代清教徒家庭节俭的生活方式，在这里可略见一斑。没想到艾米莉的这个写作习惯，竟意外地给后世打开了探入她封闭生活的一条窄缝——就是在某个写着诗稿的旧信封上，细心的研究者发现了寄信人罗德的名字和邮戳，从而确定了罗德和艾米莉的通信关系，以及那封信的具体邮寄日期，尽管信的内容已经被销毁。罗德是艾米莉生活中至关重要的一个人物，我会在后面给予他更多的篇幅。

死亡是艾米莉诗歌中最常出现的主题之一，后世的读者时常诧异于她对这个话题几近病态的痴迷。但熟悉她生活经历的人，就不难理解个中的缘由。

艾米莉十岁那年，由于祖父破产，全家不得不搬出狄金森家园，迁居到北喜街的另外一个住处，在那里一住就是十五年。新住处的屋后就是镇上的公墓，艾米莉经常看见抬着棺木的殡葬队伍从她窗前经过，死亡自童年开始就是一道熟悉的街景。

十四岁那年,她的远房表妹,也是她的同学和亲密玩伴索菲亚·霍兰死于伤寒。死神虽然常常从她门前走过,可是这一次,它走进了她生活的小圈子。她悲恸欲绝,不得不离家去波士顿疗伤。

二十岁和二十三岁时,她十分景仰的两位朋友,艾默斯特学校的校长汉弗雷先生和父亲的实习生牛顿先生先后英年早逝。一直到十几年之后,在给希金森的一封信中,艾米莉还提到了这件事,可见当时的伤痛之深:"在我还是小姑娘时,曾有一位朋友教我永恒——可是他在探险永恒时走得太近,再也没有回来。"(张芸译)

这只是她在豆蔻年华时遭遇的几桩死亡事件。进入中年后,死亡更是成了她生命的常客。她四十四岁那年,父亲在州议会演讲时突然倒下,再也没能起来,在没有任何亲人陪伴下孤独地离开了人世。四年后,她的好友,那个送给她"女王隐士"外号的鲍尔斯先生,也弃她而去。再一个四年后,她景仰多年的牧师沃兹沃思辞世。紧接着,她最钟爱的侄子吉伯不幸夭折……死亡在她的生命中如此随意地进出,它在她的诗里现身也就不意外了。只是,她诗里的死亡不是眼泪,也不是哀怨,更不是控诉,而是结了痂的平静。她和它面对面地坐着,眼神时而回避，时而对视。他们老熟人一样地聊天，对话中偶尔夹杂着一两句诘问——当然是她问它，可是她并不在意它是否回答。当她写下那句著名的"因我不能停下等候死亡／死亡友善地驻足等我"时，我们并不真正知道她对死亡的态度究竟是渴望还是恐惧，抑或两者兼而有之？

艾米莉诗歌中的另一主要主题是宗教。她一生都在诗歌里同自己的信仰作不懈的角力——与其说她是在怀疑上帝的存在，倒不如说她是在质疑上帝的存在方式。年轻时，她会在安息日随家人去教堂做礼拜，而三十岁后她再也没进过教堂的门——这一改变与她之后的隐居生活方式相呼应。她身后留下的那本《圣经》里，在《启示录》上留有折痕——那是《圣经》的最后一章。她在曼荷莲女子学院上学时，美国正在经历一场可以用轰轰烈烈来形容的宗教大复兴，基督徒纷纷被呼召在人前公开宣称自己的信仰和得救。艾米莉的家人这样做了，学校大部分同学也这样做了，可是艾米莉没有，因此她被打入了"没有指望得救"的另册。在当时严苛的清教徒环境里，一个十七八岁的年轻女子由此承受的压力可想而知。被人群隔离是一件多么可怕的事——我自己就亲身经历过——世界成了不上锁的无边牢狱。

写到此时我突然产生了一个疑惑：后世对艾米莉父亲

爱德华·狄金森的评价是否有失公允？在多个版本的传记中，他都被描述成不苟言笑一言九鼎的绝对权威。可是在这桩异乎寻常的重大事件上，他似乎并没有以父亲的权威给艾米莉施加太大的压力，而是默认了女儿对上帝的暧昧态度，尽管女儿的行为给素以虔诚著称的狄金森家族带来了无以言表的尴尬。

艾米莉从来没有否认过上帝的存在，可她喜欢的上帝是一个自由运行的灵，有时在花园的草木间，有时在季节变换的风里，有时在知更鸟的啼叫声中，她只是不肯把她的上帝固定在某座建筑物中，或者某张时间表上。如下这首诗，应该算是她对自己宗教观的一次辩解：

> 有人在教堂守安息日，
> 而我，则在家中。
> 食米鸟是我的唱诗班，
> 花园是教堂的拱穹。

——艾米莉·狄金森
诗第236首

艾米莉诗歌中最受争议的话题，是情爱。艾米莉终生未婚，传说她年轻时曾经有过一次短暂的婚约，但这个传说一直没有被证实。她情爱诗中的炽烈激情，极大地颠覆了那个身穿白衣足不出户纯洁无瑕的形象。她写过一首著名的《狂野之夜》，其中一句"今夜，唯愿泊在你水中"，很难不让人产生关于性爱的联想。后世的许多专家学者，在分存于多处的档案材料中，繁忙地搜索着任何可以指向那位水的主人的蛛丝马迹。学者与狗仔队之间的界限并不总是那么分明，有时只是使用的工具不同而已——前者用的是放大镜，后者用的是照相机。

在艾米莉去世四年后，也就是1890年，她的第一卷诗集几经周折终于问世，其中却没有收录这首诗。次年出版的第二卷里，虽然收了，却也收得战战兢兢。编辑之一的托·温·希金森在给另一位编辑的信中表达了这样的顾虑：

> 只有一首诗我有点害怕付印，就是那首奇妙的《狂野之夜》——我怕不怀好意的解读会引出那位隐居的处女压根没想到过的内容。拉维尼亚小姐在这事上有什么忌讳吗？你会理解并宽恕我在此事上的多虑。然而，略去这首诗该是多大的损失！它的确不该被忽略。

由此可见维多利亚时期体面观的气场是如何强盛，即使是希金森这样的开明之士，也避不开这片沉沉下压的阴影。

其实，对号入座是对艾米莉"比穹苍还辽阔"的思维方式的严重窄化。艾米莉的激情和死亡一样，长着翅膀却没有长脚，可以飞在天上却常常无法落地。艾米莉追逐的是不具形体的爱情，一如她追逐不具形体的上帝。这也许可以解释她为何终身都与一长串已婚男子保持着深入而有时难逃暧昧之嫌的书信联系。婚姻是一堵坚固的高墙，在墙的这一头她感觉安全，她可以隔着墙放心地在她的诗中做一只狂野的夜莺，因为她知道墙那边的人绝无可能走过来，把她变成喑哑的妻子。

苏珊是艾米莉的第一个，也是最重要的一个读者。毫不夸张地说，苏珊是最先发现艾米莉不同寻常的诗情，并始终如一地欣赏激励艾米莉创作的人。这两个同年同月出生的女子，自少女时代就开始通信。据推测，两人之间的信件往来应该有数百封，存留在世的只是冰山一小角。如此频繁的书信往来，让我们几乎忽略了一个现实：她们是三十年的近邻。

1856年，为了留住有意到芝加哥发展的儿子，爱德华·狄金森为新婚的奥斯丁和苏珊在狄金森家园边上建造了一幢新楼房。奥斯丁和苏珊为他们的新居起名为常青居——遗憾的是他们的爱情并没有如愿常青。常青居是主街上，也是整个艾默斯特镇上，唯一一幢可以与狄金森家园媲美的豪宅，两座楼房之间相隔的，只是一条被艾米莉称为"只容得下两个相爱之人的小径"——这里的"相爱之人"，指的是艾米莉和苏珊。只可惜，这条小径在后来的日子里更多的是被信使所用，她和苏珊并没有在上面留下太多的足迹。

在信中，艾米莉把自己对苏珊的感情比喻作但丁对贝雅特丽齐的爱，把苏珊给她带来的文学灵感比作莎士比亚式的影响。艾米莉对苏珊的痴迷和依赖，以及她在得不到苏珊及时回应时表现出来的失落哀怨，使后世对她们之间的感情产生了一些文学与友情之外的揣测和联想。

苏珊并没有给予艾米莉她所期待的那种热量均等的爱。婚后的苏珊，生活中出现了许多新的内容：妻子，母亲，一个偌大家居的女主人。但这些都还不是最消耗苏珊精力的事情。苏珊真正的野心，是成为艾默斯特前无古人后无来者的"第一夫人"。随着爱德华的渐渐老去，奥斯丁已经成为艾默斯特最有影响力的男人，常青居也顺理成章地成了镇上最显赫的社交场所。苏珊用巨大的热情，把常青居的客厅打造成一个令人过目难忘的艺术沙龙。那里的墙上，挂着一幅幅古典和现代的著名画作，地上铺着名贵的波斯地毯，壁炉架上摆放着从世界各地收集来的奇珍古玩。整幢楼房连每一级台阶都一尘不染,光可鉴人。一位宾客在回忆常青居的聚会时,说到了这样一个细节:他害怕弄脏地板,便一路蹭着自己的鞋底,从铁门一直蹭到大厅——那是一段不算短的路。

苏珊的厨子们,片刻不敢懈怠地处于备战状态,随时准备在设施俱全的厨房里烹制出一道道宴客的精美食品。不久前,在已经开辟成艾米莉·狄金森展览馆的常青居里,我看到了一份根据当年情景复制的"苏珊的菜单",那上面种类繁多的菜名,几乎可以编纂成一本烹饪范本。女主人精深的文化修养,是一条把晚宴零散的话题串成珠链的至关重要的主线。常青居来宾中最耀眼的一个名字,不是议员州长那样的政要,而是当时在美国文坛如日中天的爱默生。苏珊以为这将会是常青居史册上最璀璨而永恒的记忆,她没想这样的记忆最终竟归于那位在小径彼端隐居的小姑。

当苏珊在客厅里享受着音乐美酒和人群所带来的欢愉时,艾米莉正伏在那张小得搁不下肘子的桌子上,铺开信纸给苏珊写信。听着从常青居隐隐传来的杯盏交错之声,她觉得自己和这位成了她嫂子的女人正在渐行渐远,而隔开她们的,并不是她的哥哥奥斯丁。艾米莉知道,哥哥其实是同盟:哥哥和她一样,都感受到了常青居在和自己争夺苏珊的热情。在自己家里,哥哥成了一个外人。当时没看清局势的是苏珊。苏珊没注意到,或者说无暇关注,她和奥斯丁的脚下已经裂开了一条缝。缝很窄,刚够容下另一个女人。

当然,这并不妨碍艾米莉继续给苏珊写那些火一样热情水一样波折的信,尽管她们早已疏于走动。

她们长达四十年的生命交集中,无论经历了怎样错综复杂的跌宕变故,谁也无法否认一个事实——苏珊是艾米莉最持久最深入的知己。她们像一对灵魂的连体婴儿,无论亲近还是疏远都身不由己。苏珊喜欢文字中的艾米莉,一如艾米莉喜欢花园里的上帝,她们都需要距离。现实生活中的艾米莉把自己和走近她的人的神经都绷扯得很紧,苏珊只是无法应对这样极致的个性。也许,书信往来对苏珊来说,是唯一一种可以选择的逃离方式。

苏珊对艾米莉的看法并不是她的独家管见,艾米莉的终身文友希金森也是如此认为。通信长达八年后,希金森和艾米莉终于在艾默斯特的狄金森家园见了第一面。对于那天的会面,希金森留下了翔实而栩栩如生的记忆:"一个娇小、长相平平的女人,偏红色的中分直发……穿着一件非常朴素却精致干净的白衣,围一条蓝色网状披肩。"他从来没有见过任何人"能把我的元气消耗得如此厉害。还没触摸到她,她就已经在支取我了。我真高兴没住在她附近"。

艾米莉去世后,苏珊在当地报纸刊发了一份文采四溢的讣告,为艾米莉独特的生活方式作了一场精彩的辩护。她告诉那些已经对艾米莉感觉陌生的艾默斯特镇民:艾米莉选择隐居,不是因为厌世,不是因为身体虚弱,也不是因为心智问题和缺乏社交能力,而仅仅是因为她稀世的天赋和灵魂是如此的自给自足,"自己家的神圣宁静"便足以提供其灵魂生长的环境。苏珊把艾米莉超凡的文采和机智比喻成"在阳光下闪烁的大马士革刀"。这篇更像是祭文的出色讣告,在五年后成了艾米莉第二卷诗集序言的内容。

艾米莉入殓时,苏珊为她亲手设计和缝制了一件白色法兰绒袍子——那些年艾米莉只穿白色的衣物,环绕着她的脖子摆放了一簇象征忠诚的枸兰和紫罗兰。维妮(拉维尼亚的昵称)把两枝天芥菜花放在姐姐的手里,轻声说:"你带去给罗德法官。"维妮的声音很小,小得几乎接近耳语,可还是有人听见了,并把这事写进日记里。维妮话语里的含义,还要许多年后才会被人们真正理解。

前来送艾米莉最后一程的希金森在日记中写下了他在盖棺之前看到的情景:"E. D.(艾米莉·狄金森)的脸神奇

地恢复了青春——她五十四岁[1],看上去却像三十,没有一根白发一丝皱纹,美丽的眉梢流露着极度的安宁。"

当送殡队伍按艾米莉生前的愿望从狄金森家园后门静默无声地走向墓园时,没有人注意到楼道的阴影里站着一个六七岁的小女孩。几十年后,这个已经成长为米丽森·托德·宾厄姆夫人的女人,成为哈佛大学第一位地质地理系女博士,并写了几本轰动一时的书,披露了艾米莉生活中的许多重要细节,包括罗德。米丽森对当年那场葬礼的唯一记忆是:那天空气中苹果花气味清芬,艾米莉的棺木显得出奇的小。

苏珊为艾米莉葬礼所做的一切,是对艾米莉肉体和灵魂的双重致意,她终于为她们长达四十年的友情弥补了所有缺憾。灵魂的连体婴儿至此被死神分开。艾米莉死后,这个命运多舛的女人又活了二十七年。

艾米莉走了,可是围绕她诗作的很多问题至今没有得到解答,而且随着时间的推移,变得愈发扑朔迷离。一直让我迷惑的一件事是:艾米莉是否真如大多数传记作家所言,在生前没有考虑过出版自己的诗集?

艾米莉生前仅发表过十余首诗,都是匿名,且有些并

---

[1] 应是五十五岁。

没有经过她的首肯。1862年春，三十二岁的艾米莉在《大西洋月刊》上看到一篇向年轻作家邀稿的文章，便给此文的作者希金森写了一封信，从此他们成为终身文友。在这封信里，艾米莉附上了几首诗，忐忑不安地询问希金森："我的诗是否具有生命？心智太靠近自己，反倒看不清楚，我又无人可以指教"。（张芸译）很明显，此刻的艾米莉在和希金森探讨发表的可能性。希金森的回信已经被销毁，具体内容无从得知，但从艾米莉给他的第二封信中可以揣测，他对艾米莉的诗提出了严苛的批评，因为艾米莉把他的反馈戏称为"外科手术"。希金森建议她不要着急发表，她回复说"'发表'一词就像是天空对于鱼鳍，是我从未想到过的"（张芸译）。这时的艾米莉显然有些言不由衷。此后他们再也没有就此事作进一步探讨。可是艾米莉从1850年代后期到1860年代中后期的十多年时间里，一直在精心地誊写装订自己的诗册，数量多达四十本。很难想象一个没有任何发表欲望的人，会花如此多的心血整理手稿。

在艾米莉去世将近一百三十年后的今天，我们依旧无法清晰地了解艾米莉的真实想法。我唯一敢肯定的是：她在此事上一定有过纠结。当我读到她在1859年写的"成功当属最大的欢乐 / 对那些从未成功者而言"时，不知怎的，我想到了张爱玲那句"出名要趁早"的话。艾米莉写那首诗时是二十九岁,而张爱玲说这话时二十四岁。两者间隔着漫长的八十五年岁月,还有一片浩瀚的大洋,可我却觉得这两句话里有着隐约的回应。

现实

每一个狂喜的瞬间，代价必是伤悲

> 每一个狂喜的瞬间
> 代价必是伤悲
> 那尖锐和震颤的程度
> 恰恰与狂喜相配
>
> ——艾米莉·狄金森
> 诗第31首

在给苏珊的一封信中，艾米莉引用了同时代诗人朗费罗《雨天》中的一句诗：人生皆有漏雨之时。用这句话来诠释艾米莉自己的生活，尤其是最后十五年的生活，似乎极是合宜。狄金森家园比艾默斯特镇上所有的房子都结实，可是再结实的房子也无法与岁月抗衡，迟早会有漏雨的时候。

父亲在波士顿孤独地去世后不到一年，母亲突发中风,从此卧床不起,神智不清,时常埋怨两个女儿为何不给父亲留门。母亲在床上一躺就是七年,艾米莉和妹妹维妮负担起照顾母亲的一切琐碎事务。母亲自年轻起就生性冷漠,从来不是那种"你惹了祸会赶紧跑去找她"(艾米莉语)的人。从某种意义上来说,艾米莉童年时的母亲,其实是哥哥奥斯丁。生病后,母亲的心志被哗变的躯体囚禁久了,渐渐摩擦出些无可奈何的柔软,母女才开始亲近起来,因为母亲已经成了孩子,而孩子正在成为母亲。

除了照顾母亲,艾米莉也从母亲手里接过了管理狄金森家园上上下下一应杂务的责任。母亲和狄金森家园耗费了艾米莉很多心神,这一阶段她的诗作急剧减少,但她依旧和朋友们保持着热切的通信联系。她一生累积的大量书信中,有三分之二书写于生命的最后十五年。

母亲和狄金森家园还不是艾米莉最头疼的事。艾米莉脑壳里绷得最紧的那根神经,源头在常青居。

确切地说,源头在一个和常青居相关的女人。

1881年秋天,母亲卧病的第六个年头,艾默斯特镇来了一男一女两位客人。不,他们不是过客,他们来了,就没想走。男人叫大卫·托德,是艾默斯特学院新聘的天文系教授,他本人也是艾默斯特学院毕业的。女人叫梅布尔·鲁米斯·托德,是那个男人的妻子。女人的身份略微复杂一些,得用好几句话才可以说得清楚。她是音乐家,毕业于波士顿的新英格兰音乐学院,主修钢琴和声乐。她也是画家,会在客厅天花板的镶边上描图,在自己衣服的领边和袖口上绘甜豆花。她还是作家,结婚前就已经在报刊上发表过小说。

这只是女人来到艾默斯特之前就已经具备的身份。来到艾默斯特之后,女人还将具备更多更炫目的身份。比如说,她将跟随她的天文学家丈夫,到许多艾默斯特人做梦都不会梦见的异域去追踪观察日食,并将他们的探险经历写成跌宕起伏的书。她还将成为最有魅力的职业演说家,用音乐家特有的神韵和小说家特有的激情,论述诸如日本民情和妇女解放运动这样的话题,把听众的情绪煽动得如一锅滚水。当然,她最得心应手的话题,将会是艾米莉·狄金森的诗。当这个女人走进与她住过的华盛顿和波士顿相比实在窄小闭塞得可怜的艾默斯特时,她绝对没想到这里将是她人生最宽阔的天幕,她即将步入并"居住在无限的可能性之中"[1]。

其实,我最想说的不是女人的身份,而是女人的容颜。隔着一个多世纪的距离,来看女人在那个时期的照

---

1 此为艾米莉诗句:I dwell in Possibility。

片，我绞尽脑汁也想不出一个合宜的形容词。明眸皓齿，漂亮，好看……哪个都对，可哪个也只说出了女人容颜的一个侧面。没有一个形容词，可以全面概括那些照片带给我的整体冲击。和那些身着黑衣、直发中分、脑后梳个髻子的清教徒女性相比——即使是艾默斯特的才女苏珊也无法逃脱这个框架的束缚——这个叫梅布尔的女人实在有些出奇，她把艾默斯特低矮的天挑出了一个窟窿，街上就有了风。她和那些女子的不同之处，不仅仅是在容颜和装束上，更在神情、身姿、步态上。她有一样那些女人生来就缺乏的东西：她身上的每一个细胞，都充满了欲望。自她一脚踏上艾默斯特的地盘，她背上就落满了各种目光。她知道。她什么都知道。她告诉过别人："每一个见到我的男人都想吻我。"

这对夫妻带着一个孩子，是他们的女儿，叫米丽森，才一岁多，还不会说很长的句子，却长着一双深邃、充满好奇的眼睛。这双眼睛将会在未来的日子里派上大用场——它们将记录一段历史。

托德夫妻还没来得及掸去箱笼上的灰尘，就迫不及待地来到主街拜见艾默斯特的第一家庭。都是拜码头，却各有各的心思。大卫是来叩谢他的雇主的——奥斯丁是艾默斯特学院董事会最重要的成员，已经在学院司库的位置上坐了整整八年。而梅布尔想在艾默斯特的社交圈寻找自己的一席之地——她早就听说了常青居闻名遐迩的晚宴和沙龙。

梅布尔在常青居留下的第一印象,无异于电闪雷鸣。当她的裙裾窸窸窣窣地擦过客厅的波斯地毯时,墙上挂着的那些古老油画仿佛也被刷了新。五十二岁的奥斯丁的目光落在二十五岁的梅布尔身上时,他感到了疼。他们中间相差二十七年。二十七年可以是一代人,也可以是一个朝代。奥斯丁觉察到了从未有过的生命的迫切感,但他把它藏住了,而且藏得很深。整个晚上他都有些心神不宁,竟然没有注意到客厅灯光没有照到的那个角落,有另外一双眼睛也像他一样,被这个陌生的女人灼伤。那是他的长子,已经二十岁的奈德·狄金森。

从此,托德夫妇成了常青居的常客。从常青居窗缝漏到街上的钢琴声和歌声里,突然有了新的旋律——年轻,强盛,狂野不羁。常青居的郊游和野餐队列,也变得更为壮观。常青居全体成员对托德一家的欢迎,最初是协和一致、毫无杂音的,然后渐渐地,苏珊有了戒心。苏珊的戒心不是因为丈夫,至少那时还不是,而是因为她留意到了儿子的神魂颠倒。苏珊手足无措,帮她忙的是梅布尔。梅布尔使用了一种最决绝的方式,彻底断了奈德的念想:她爱上了他的父亲。奥斯丁和奈德父子中间，就此留下了一条连死亡也无法愈合的伤痕。

奥斯丁和梅布尔之间的欲念，大约是在第一眼就萌生出来了，可是他们真正跨越那条"卢比孔河"[1]（奥斯丁和梅布尔日记中的用语），向对方表明心迹，却是整整一年后的事，因为他们中间，还站着一个威严的上帝。清教徒祖先的血液，流到他们身上，尤其是奥斯丁身上时，依旧很浓烈。又一年过去了。在上帝警戒的目光下，情欲不敢轻举妄动。

托德夫妻抵达艾默斯特的第三年，奥斯丁和苏珊最钟爱的儿子，八岁的吉伯死于伤寒。苏珊痛不欲生，整日足不出户，身着丧服以泪洗面，常青居变成了一座冰冷的坟墓。奥斯丁终于无法抵挡梅布尔手里高举着的那束火把。

欲望终于从书信的城堡里突围，在身体上找到出口。

他们依旧没能摆脱上帝。在后世存留下来的大量书信和日记中，上帝的痕迹无所不在。梅布尔一遍又一遍地要求奥斯丁书面陈述苏珊在婚姻生活中的"罪状"，以证明

---

[1] 卢比孔河位于意大利。罗马曾有法律规定，在外征战的军官，不准带军队跨越此河进入罗马，否则视为叛逆。后来恺撒打破此禁忌，带兵渡过此河，进军罗马，成为罗马乃至西方历史上一重要节点性事件。"跨越卢比孔河"也成为西方经典谚语，意为破釜沉舟。——编者注

他们的婚姻是不蒙上帝祝福的——这个女人似乎从一开始就有了留存史料的心机。而奥斯丁虽然未能如梅布尔所愿写下对妻子的控诉状，却也一次次地向梅布尔保证："我们在一起的生活和新雪一样洁白无瑕。"奥斯丁对常规的定义，更是达到了维多利亚时代偷情修辞学的巅峰，比当今时代超前了一万年："常规是给那些不能强大到可以自洽，或者可以遵从更高级的伟大法则的人所预备的——在那个法则里万物和谐并存。"

梅布尔用崇拜上帝的目光崇拜着奥斯丁，她让他觉得连替他吻去靴子上的泥尘都是一种荣幸。和那个"一想到男人就会变成石头"（艾米莉语）的苏珊相比，这个女人才真正拥有打开奥斯丁灵魂的钥匙。他们在日记里不厌其烦地记下每一次幽会的情形，小心翼翼地隐去地点和人名，用符号来替代某些不可言说的细节，比如做爱。他们用大卫和维妮的地址通信，收到信后又用自己的笔迹抄写对方信里的内容，然后将原信销毁。他们所做的这一切，都是为了维护奥斯丁的名声，尽管奥斯丁的名声在那时早已成为皇帝的新装。

奇怪的是，对这桩连镇上的狗都知晓的丑闻，艾默斯特人却表现出了出奇的宽容，没有人当面质问过那对"狗男女"，或说出让两家难堪的话语。与霍桑《红字》中的海丝特相比，梅布尔的命运实在是个无法想象的奇迹。她丈夫大卫的默认和呵护是其中的一个原因，但不是主要的。最重要的还是奥斯丁在艾默斯特的特殊地位——他在公众事务上举足轻重的决策力和表现出来的正直无私，使得镇民们很难不投鼠忌器。他们需要他，远胜过他需要他们。

最初把梅布尔引进狄金森家园的，不是奥斯丁，而是苏珊——那时两个女人还没有交恶。苏珊是第一个把艾米莉的诗引荐给梅布尔的人，聪慧如梅布尔，她用半只耳朵就听出了里边的天籁。梅布尔仰慕艾米莉，时常来狄金森家园小坐，在艾米莉的钢琴上为艾米莉弹奏音乐，一展夜莺般的歌喉。艾米莉在楼道的阴影里静静地坐着倾听，却从不下楼，只是在梅布尔结束之后，吩咐用人送上一杯雪莉酒，一束花园里采摘的野花，有时里边夹杂着一张致谢的便条，有时是一首小诗。诗多是随手写下的，可梅布尔总认为是专门为她而作的，艾米莉并不去刻意纠正。两人隔着楼道的交情维持了五年，一直到艾米莉去世。

梅布尔第一次也是最后一次见到艾米莉，是在敞开的棺木里。几年之后，当她成为艾米莉诗歌和书信的编辑，以艾米莉知音的身份在美国四处巡回演讲时，她最忌讳的话题，就是她一生并没有真正面对面地见过艾米莉。艾米莉去世四十六年后,奥斯丁和苏珊的女儿玛莎·狄金森·比安奇出版了一本艾米莉的书信集和回忆录,取的书名便是《与艾米莉·狄金森面对面》,暗讽的就是这件事。

奥斯丁和梅布尔急切地需要一个安全的幽会地点,狄金森家园自然而然地成为首选。他们几乎隔一两天就要在狄金森家园幽会,通常是在餐厅那张黑色的马毛沙发上。而就在这个房间的一个角落里,摆放着艾米莉的第二张写字台。艾米莉白天喜欢在那里看书写字,正对着窗外金银花的浓郁树荫。有时哥哥和梅布尔会把幽会地点迁移到书房,那正是艾米莉去暖房侍弄花草的必经之地。梅布尔在日记中记下了无数个欲仙欲死的时刻,通常是早上或午后的几个小时,冬日壁炉里的柴在燃着噼啪作响的火苗,夏日金银花枝条轻轻地叩击着窗户。而这时艾米莉便被无形地囚禁在楼上的卧室里,不能也不愿下楼。

没有人问过艾米莉的感受。

幸好母亲已经去世,不用去聆听那些紧闭的门后发出的可疑声响。

在梅布尔的日记中,曾经有过这样的记录:一个月里她做爱二十一次,其中十二次是和奥斯丁,九次是和丈夫。看到这个记录我忍不住感慨:到底是个什么样的女人,能使两个如此杰出的男人同时感到满足和幸福,而又如此成功地遏制了这种三角关系中不可避免的竞争和嫉妒？当然，奥斯丁对大卫的沉默给予了丰厚的报偿，他松开司库的钱囊，给大卫加了工资，并拨出预算给他建造一个他渴望已久的天文台。可是大卫对奥斯丁的友善并不是出于苟且的忍让，而是发自内心的敬重和尊崇。用当今烂俗的话，可能就是所谓"人格的力量"。两个男人之间维持了一段不可思议的君子般的友情，直到奥斯丁去世——那是他们相识十四年之后的事。

奥斯丁和梅布尔的婚外恋，将艾米莉置于一个极度尴尬的位置。一边是和自己有着多年交情的闺蜜加嫂子苏珊，另一边是自己一奶同胞的亲哥哥，艾米莉的同情无论朝哪边略有倾斜，都会碰上荆棘和刀刃。一个隐居多年的女子，和大多数亲友都维持着隔门对话的方式，却任由自己唯一一片可以自由呼吸的空间，被另一个女子时时侵占，艾米莉的心境可想而知。可后世残留的书信中，似乎没有找到艾米莉对哥哥婚外情的任何评论，无人知晓艾米莉的脚究竟踩在哪个阵营。这事只有三种可能：一是奥斯丁在把艾米莉的信交给梅布尔之前已经做过刀剪处理；二是梅布尔拿到奥斯丁修剪过的信后又动了第二次刀剪；三是艾米莉的确在这件事上保持了沉默，而没有像她应该做的那样，在道义和感情上公开声援她的嫂子。

艾米莉的沉默情有可原，这与她在家中的经济地位有关。父亲身后并没有留下遗嘱。作为一名老辣的律师，父亲不可能不知道遗嘱的重要性。父亲是刻意的，他是想让奥斯丁在自己身后不受法律条文约束自由地调动家族财产，来维持两个终身未嫁的妹妹的所有需要——他信得过儿子的人品。奥斯丁的确没有辜负父亲的信任，终其一生兢兢业业地工作，维持着狄金森家园和常青居两头的所有开销，尽可能让两个妹妹衣食无忧。可是，这种财产分配方式也让艾米莉姐妹俩陷入了另一个窘境：她们完全没有可以自由支配的钱。亲友曾经注意到可怜的维妮几乎总是没有零花钱。天性敏感的艾米莉，不可能不产生一丝寄人篱下的凄惶感。无论她与世界保持着怎样清高的姿势和距离，她也明白不能和钱包交恶的简单处世道理。

可是她的沉默并非完全没有底线。

那两只爱鸟频繁而持久地幽会，每次都在狄金森家园。渐渐地，奥斯丁萌生出另找一个幽密去处的想法。他想从父亲留下的家产里割出一块地来，供托德夫妻建一座楼房，作为自己和梅布尔的第二个约会地点。这桩土地转让需要全体狄金森兄妹的首肯。维妮签了字，艾米莉一直没签。她知道她一旦签字，本该属于侄子奈德的家产，就会留下一块空缺。没人知道艾米莉到底是用什么借口来敷衍哥哥的，总之她把这个底线一直守到去世——这是她能做的极限，死亡使她的一切努力归零。艾米莉在1886年5月19日下葬，而就在二十天后的6月8日，艾米莉尸骨未寒，这块地就改姓了托德。这块土地的转手不仅在奥斯丁与苏珊、奥斯丁与他的儿女之间，而且在维妮与苏珊、维妮与侄儿女之间，都挖下了一道永远无法填补的鸿沟。

后来梅布尔如愿在这块地上建起了镇上第一座安妮女王风格的楼房，厨房里有一条备用楼梯，据说专为奥斯丁所设——为了能躲过下人的眼目进屋。这座取名为戴尔家居的楼房，几经转手迁移翻修，如今依旧屹立在离狄金森家园和常青居很近的一条街上，默默地散发着时光特有的霉味。值得一提的是，戴尔家居所在的街名叫春街。和狄金森家园所在的主街一样，这条街名与住宅的身份有着或明或暗的贴切。

这就是艾米莉最后几年的生活状况。阴郁和难堪似乎成了狄金森家园空气中经久不散的气味。艾米莉这时才意识到：年轻时她在诗中发出的每一声尖锐狂喜的呼喊，日后她都得一一支付痛苦的代价。

不，这样的描述虽然还算准确，却不够全面，因为艾米莉生命中的最后一丝阳光，也是在这个时候照进狄金森家园的——那就是罗德法官。

奥蒂斯·菲利普·罗德是一位德高望重的法官,曾任职于马萨诸塞州高等法院和马萨诸塞州最高司法法院,是艾米莉的父亲爱德华·狄金森的老友。这位比艾米莉年长十八岁的男人,和艾米莉渴望建立深邃精神交往的那种权威男性形象严丝合缝地相符。当艾米莉还是牙牙学语的孩子时,罗德已经是艾默斯特学院的学生。他时常到狄金森家园做客,儿时的艾米莉或许坐过他的膝盖,听他讲过故事书。然而罗德和艾米莉作为成人之间的单独往来,应该是在父亲去世之后。

大多数学者和传记作家,都把罗德和艾米莉之间浪漫关系的开始,推算到罗德夫人伊丽莎白去世之后。可是真正显露破绽的还是艾米莉自己。艾米莉喜欢在旧信封上写字,就是这样一个写了诗稿的信封,暴露了罗德的名字和邮戳,把他们的通信日期提前到1872年至1873年间,那时离伊丽莎白的死,还有四五年。

艾米莉生性极为谨慎,连给希金森的信,都要差人去二十里外的地方邮寄——她不愿让人知道她和这位文坛名人的关系。艾米莉写给罗德的信更是如此。她用的是远房表兄的邮政地址,而且总是差遣下人去寄——为的是保护罗德的声望,一如梅布尔想保护奥斯丁的声望一样。可是不知为何艾米莉竟留下了这只信封,也不知为何这只信封竟逃过了奥斯丁和维妮鹰一般的眼睛。或许手稿的数量过于庞大，难免有一两条漏网之鱼。艾米莉在给朋友的信中，也提到了1875年罗德单独到狄金森家园探望她的事，那时离伊丽莎白去世还有两年。那次罗德似乎在狄金森家园待了整整一个星期，用艾米莉自己的话来说，罗德此行是"和我在一起"。后世对艾米莉和罗德法官私密交往起始点的描述，总显得有些小心翼翼，几乎接近心虚——维多利亚时期式的体面观，沿袭了一个多世纪。

　　罗德夫人去世后，艾米莉和罗德的通信达到了炽热的程度，他们约定每个周日都给对方写信。每一天，艾米莉都陷入或是写信或是等信的甜蜜焦虑中，她把绝无可能收到信的星期二，称为"非常深的抑郁之日"。罗德的信可能已是火柴之下的灰烬，可是艾米莉给罗德的信的草稿，还幸存了十五封——当然，都是刀剪之后的残片。罗德算得上是艾米莉灵魂的知己，他们都对莎士比亚的剧作痴迷。在罗德赠送给艾米莉的礼物中，她最珍惜的不是戒指和手镯，而是一本莎士比亚全集索引。

　　在残留于世的信件中，我们可以读到下边这些大胆火辣的句子，火辣得几乎让我们忘记了艾米莉身上标志性的白衣：

将我监囚在你的身体里吧——那是带着蔷薇花香的刑法

你知道的,因为你知道所有一切……(信纸上方被撕去)在离你的渴望如此之近的地方睡卧,在梦中能抚它;因我是不安的眠者,会常常在你的臂弯旅行于愉快的夜晚,但你会用臂膀托扶着唤我回来,不是吗?(张芸译)

夫人去世之后,罗德多次到狄金森家园看望艾米莉。成了单身男士的罗德,已经不适合单独和一位单身女士见面,于是罗德便带了他的两位年轻侄女同行。他们抵达艾默斯特后,奥斯丁的儿子奈德就会心领神会地陪两位年轻女士外出逛街,而把罗德独自留下。罗德和艾米莉碰面的地点在左客厅,根据一张狄金森家园的平面图,这个地点离奥斯丁和梅布尔幽会的餐厅,相隔了一个过道和一个食品储藏室,而和作为奥斯丁与梅布尔第二个聚会点的书房,也隔了一条过道,所以相对安全。但这么多次的来来往往中,孕育着多少个尴尬碰面的可能性,然而他们似乎没有在时间和地盘的划分上撞过车。不仅艾米莉和罗德始终没有和那一对爱欲之鸟撞过车,艾米莉自己也多次成功地躲开了随时可能闯进狄金森家园的梅布尔。这是一种默契，谁也不用说，可是谁都知道。维多利亚时期就有这点好处：人们可以心照不宣地合谋体面。唯一的一次穿帮，是由不在这个合作体系中的苏珊造成的。据苏珊后来的回忆，她有一次偶然走进狄金森家园，撞见那个白衣隐士躺在罗德法官的怀里。

那些年狄金森家园左客厅到底发生过些什么？我们只能从艾米莉残留的信件草稿中寻找蛛丝马迹。

  我不会洗涤我的胳膊，免得除去你在上面碰触过的痕迹。

  将柴薪从欢喜的火焰下抽出来，并不等于扑灭了欢喜。

  你难道不知道，当我缄默不语，当我拒绝你时，是你最愉快的时候？你难道不知道，那个"不"字，是我们托付给语言的一个最野性的词？（张芸译）

这些句子都是在奥斯丁和维妮的刀剪下逃出生天的。而那些未逃过劫难的纸片里，又会藏匿着什么样的狂野？终身未嫁的老处女维妮，在和哥哥一行行地浏览艾米莉的信件时，到底经历了怎样面红耳赤的尴尬？劫后余生的信件残片最终被梅布尔的女儿米丽森发表时,几十年已经过去,"白衣神话"滚动了半个世纪,已经滚成真理。它不再单独属于艾米莉个人或狄金森家族,它已经属于整个美国,它需要所有人的小心呵护。米丽森发表这些白纸黑字的信件,已经无法在那个神话的坚壁上啃出裂缝。

罗德的侄女艾比也曾尝试过对这个神话下嘴。在罗德和艾米莉作古很久之后,有人向艾比询问当年的情景,她的回答充满了尖刻的敌意:"小荡妇——我还不知道她呀?我该说我实在是知道。德行放纵。她想男人都想疯了。甚至想得到罗德法官。脑子进水,还真是。"

可是没用。艾比有自己的软肋:罗德法官没有后裔,他身后的全部家产将归于住在他家照顾他起居的两个侄女。艾米莉若嫁给罗德,艾比姐妹得到的遗产就会大大缩水。用今天的话来说,这是利益冲突,艾比的话该大打折扣,不足为信。

每个国家都有神话,撕毁神话者是人民公敌。从这个角度来说,艾比是个罪人。

艾米莉想过嫁给罗德吗?当然想过,她离婚姻其实已经很近,近得几乎让她自己也吃了一惊。而且,艾米莉是那个主动的求婚者。艾米莉母亲去世没多久,罗德注意到了艾米莉的消瘦,便戏谑地称她为"巨人"(Jumbo)——

这是当时动物园里一只大象的名字。艾米莉在信中回应道：

> 最甜蜜的名字（指"巨人"），可是我知道一个更甜蜜的——艾米莉·巨人·罗德。你会同意吗？

这就是典型的艾米莉式的挑逗性修辞，即使在求婚这样本该一本正经的事情上。艾米莉是天生的玩火者，她那严谨虔诚得几乎有些乏味的父母亲身上的血液，在融汇成她的生命时，不知哪一个环节飞进了一点火星子，艾米莉就成了与他们迥然不同的人。她不需要真正经历男人，她生来就知道男人。她善于把男人点成一盏盏明亮的灯火，她喜欢那些光亮，那些热度，可是她绝不会走近到烧焦自己的地步。

艾米莉最终没能和罗德结婚，后世的流行说法是因为罗德急剧恶化的健康状况。这个说法经不起哪怕最轻微的推敲，因为从罗德夫人去世到罗德自己去世的七年间，罗德有过许多正常健康快乐的日子。一个承诺只需要一分钟。一封承载着这样承诺的信从艾默斯特到萨勒姆——罗德任职地——只需要一天。而一个简单的婚礼，至多也只需要一个星期准备。艾米莉的指缝里流过了许多个可以这样做的日子，可是她没有这样做。

因为她明白歌唱到最狂野的节拍上时，就该收了。艾米莉深知爱情的本质，她曾这样解释过爱情：

> 多么瞬间即逝——多么不检点的东西
> 总是错的 那是爱
> 充满欢乐的神灵……

"瞬间即逝""不检点的""错的"才是爱情带来的快乐的本质。爱情不能长期收藏，一收藏就要变馊。与其说艾米莉错过了一个可以成为妻子的际遇，倒不如说艾米莉躲过了一场彼此毁灭的悲剧。一想到艾米莉离开狄金森家园嫁入白发苍苍的罗德的家中，与那两个身上散发着霉味的嚼舌侄女终生为伴，我不禁打了个寒噤。艾米莉多么惊险地逃离了一场噩梦。

其实罗德也是。

罗德写给艾米莉的信，至今未浮上水面，也许已经被永远销毁。而艾米莉写给罗德的信，不过是些草稿片段。所有针对文本言之凿凿的研究，其实都基于一个靠不住的假设：这些信的正本确实被寄出过。值得一提的一个花絮是，1892年，即艾米莉去世六年后，艾米莉诗集的头两卷已经面世，艾米莉的名字也渐渐为人所知，奥斯丁突然收到了一封从《自然杂志》社转来的信。一位波士顿的无业游民声称手头藏有 E. D.（即艾米莉·狄金森）写给"亲爱的萨勒姆"的信，信中"含有一丝玫瑰色的浪漫色彩"。他甚至说其中的一封信里夹着一缕头发。几乎所有的人都会立刻联想到这可能是艾米莉写给罗德的信的正本。那位无业之徒隐晦地提到了钱，可是没有任何证据可以证明奥斯丁从他手里购买过这批信件。

如今这位无业之徒的来信还封存在艾默斯特学院的档案藏品中，可是他声称所拥有的那批 E. D. 信件却一直下落不明。

身后

灰烬是火的残骸

> 灰烬是火的残骸
> 请敬重那堆灰白
> 为了逝者的缘故——
> 它也曾在此徘徊

——艾米莉·狄金森
诗第1062首

维妮在销毁信件时意外发现艾米莉的诗稿之后,便抱着圣女贞德似的使命感,投入为姐姐寻求发表渠道的努力中。维妮知道自己脑子不够使,她想到的第一个人选,就是嫂子苏珊——无论从交情还是从文采来说,苏珊都是最合宜的人。

两年过去了,手稿依旧躺在苏珊的抽屉里积攒灰尘。这期间苏珊也做过一些设想,但最终还是停留在纸上谈兵的阶段。也许是因为工程太大,正处在三个人的婚姻煎熬中的苏珊,感到心有余而力不足;也许是因为维妮在那张土地转让合同上的签字带来的伤痕还太新太嫩,总之,苏珊动作迟缓。

维妮的耐心被磨得很薄。这一年她已经五十五岁,感觉到了时光的紧迫。于是她从苏珊手里讨回手稿,投奔了苏珊的劲敌梅布尔。苏珊对此一无所知。当她最终得知维妮对自己的再次背叛,一切已成事实。

与苏珊的迟缓相比,梅布尔没有任何犹豫,马上带着疯狂的热情开始工作。那阵子维妮天天在戴尔家居和梅布尔一起整理文稿,她们雇了一个打字的帮手,维妮甚至把已经在狄金森家园待了二十年的贴身女仆麦琪·马哈送过去帮梅布尔操持杂务——这件事带来的摧毁性后果,是梅布尔事先绝对没有想到的。

艾米莉的字迹倾斜难辨,且有多处涂改,第一步就是把这些手稿誊印成可供阅读的版本。誊印的工程量远远超出了梅布尔的最初设想。梅布尔的打字机十分原始,每一个字母都得手工拣选,进展缓慢得如同蠕爬的蜗牛。维妮选择梅布尔做艾米莉诗集的编辑,应该是她这一辈子做得最睿智的一件事。梅布尔像是一台永动机,婚姻、爱情、女儿、诗稿,没有一样东西能耗尽她年轻旺盛的精力。那时维妮和梅布尔的目的单纯得像水——仅仅是为了艾米莉的诗。或者说,为了诗歌中的艾米莉。事情是在后来才慢慢变得复杂起来的。

梅布尔和维妮当时完全没有意识到,在编纂的过程中她们犯了一个重大错误:为了誊印的方便,她们把艾米莉手工装订的四十本诗册拆散了,从而丢失了艾米莉最初将那八百多首诗分集时的用心。艾米莉的诗大多没有注明创作日期,她的诗册到底是按时间还是按主题整理的?随着诗册的解体,时间顺序和主题思路的许多线索便永远丢失,她的最初用意已经无法彻底还原。在此之后的一个多世纪里,学者们作的所有努力,至多只是一定程度上对真相的趋近而已。

奥斯丁在这个过程里的角色不得而知,但他肯定是知情且默许的。艾米莉的一些书信残片落到托德家族,几十年后由梅布尔的女儿出版,奥斯丁是无可辩驳的中间渠道——他把信件交给了梅布尔而不是他的妻子。

梅布尔恳求艾米莉多年的文友希金森参与诗集的编选,两人终于整理出接近两百首诗,先后寄给几家出版商。几经周折,罗伯特兄弟终于以十分苛刻的条件,勉强答应出版其中的一百十五首。当年的审读报告对这些诗的评价是:具有接近天才水准的力量,但"技巧生硬",没有人觉得这本小书能在市场上掀起什么动静。维妮同意了出版社的条件，负担全部排版费用，头五百本免版税。

可是罗伯特兄弟看走了眼。

1890年11月12日，《狄金森诗选》第一卷出版。我把那天作为艾米莉真正的生日——她在死后的第四年里诞生。

上市第一天，五百本诗集全部脱销。两年里，这本书重印了十一次。

这本诗集所犯下的过错几乎和它对后世产生的影响一样重大：梅布尔和希金森为了使艾米莉的诗吻合维多利亚时期的诗风，更容易被大众所接受，多处改动了原诗的韵脚、标点、大写字母甚至某些词序，并加上了自以为是的标题，艾米莉的诗从而丢失了许多奇特的原汁原味。

苏珊几乎是和大众同时知晓诗集上市的消息的，她的震怒可想而知。苏珊的回击发生在三个月后——她也编选了一批艾米莉的诗稿，寄给了另一家出版社。出版社和维妮同时大吃一惊，他们都没想到竟然还有这么一大批艾米莉文稿存于另一个人手中。

此时的维妮已经完全站在梅布尔的阵营，她立即给出版社写信，提出了版权的归属问题：苏珊仅仅是艾米莉诗稿的拥有者，她只可将诗稿用于私人欣赏，而无权将其出版。艾米莉的遗嘱里指定了维妮为唯一继承人，也就是说，她，维妮，才是艾米莉著作的唯一版权人。

苏珊也不甘罢休，长篇大论地反驳了维妮的观点，论据是艾米莉和她多年的独一无二的友情。现代文坛里围绕著作权、拥有权展开的纷繁复杂的纠纷，都可以从这起事件中找到最早的佐证。出版商无意卷入这场一地鸡毛的混战，只好退回了苏珊的编辑稿。艾米莉的天籁诗作，竟没有一首经由这位少年知己之手面世，不能不说是一大遗憾。

受第一卷的成功所鼓舞，梅布尔和希金森立即开始了第二卷的编纂。一年之后，《狄金森诗选》第二卷出版上市，两年间重印了五次。

希金森从第二卷后就退出了编纂工作。1894年，梅布尔在维妮的帮助下完成了《狄金森书信集》的编纂，并开始了《狄金森诗选》第三卷的编纂。在前面的诗集和书信集里，有关苏珊的信息都被梅布尔小心翼翼地剔除。艾米莉声名鹊起后的很长一段时间里，苏珊在艾米莉生活中所占的位置几乎完全不为人知。

维妮看到了市场潜力，便以艾米莉手稿版权人的身份，强势加入了出版合同的谈判。后来的合同是出版商和维妮直接签订的，里边不再有梅布尔的名字。至此，梅布尔在几乎没有什么报酬的情况下,已经为艾米莉的诗集付出了八九年的心血——这也是为何在后来的几十年里,她都不能对维妮释怀。

1896年秋天,《狄金森诗选》第三卷上市,影响已大不如从前。维妮最害怕的事情发生了:差评开始在报纸上出现。《纽约论坛》上发表了一篇尖刻的文章,质问阅读大众为什么必须再次被迫接受这个"无关紧要"的诗人的"区区琐碎和实验"?

奈德看见这些报道后,给姑姑维妮写了一封口吻严厉的信:"……想到家族姓氏被一位给家里带来除刀剑之外别无一物的女人,扯到一群不知好歹的大众跟前,我就不寒而栗。你自然要为此担负全部责任。"

此时梅布尔并不知道她身后已经聚集起一片浓郁的阴云。突然收到维妮的律师送来的起诉书时,她几乎不敢相信自己的眼睛:她被维妮告上了法庭,罪名是诈骗。

这不得不从奥斯丁说起。戴尔家居完工后,奥斯丁有意再送梅布尔一块地。这些年奥斯丁对托德一家一直十分慷慨——大卫作为教书匠的微薄收入,根本无法维持梅布尔的消费。奥斯丁已经得到维妮的首肯,可是转让手续还没办完他就去世了。据说梅布尔听闻奥斯丁的死讯,立即换上寡妇的丧衣,不顾苏珊一家的阻拦硬冲进常青居,疯狂地亲吻奥斯丁的尸体，放声大哭。梅布尔也算得上是个有情有义的女人，不过这是题外话。

奥斯丁葬礼后，梅布尔请维妮在地产转让合同上签字。维妮签了，当时梅布尔并未察觉任何异常迹象。

可是，维妮突然毫无预兆地反悔了，而且用的是如此决绝的一种方式。

对于维妮突然反目的原因，后世众说纷纭。我想最重要的应该是两点：一是嫉妒。梅布尔因着艾米莉的诗出了大名，在巡回演讲和各种公开场合里，她都以艾米莉知音的身份出现，而为艾米莉像圣女贞德一样奋不顾身的维妮，却被梅布尔光环的阴影所遮蔽。二是愧疚。维妮已经在自己亲侄子的遗产上割过一刀，如果再割一刀，她的良心将永世不得安宁。

值得一提的是，这一纸诉讼状抵达梅布尔手里的时候，正值《狄金森诗选》第三卷编辑整理完毕等候付印之时，这个巧合很难不让梅布尔产生自己已成为维妮弃履的感觉。

这桩被镇上人称为"家族大战"的诉讼案，其实是多年盘根错节的积怨的一次总爆发，其影响早已超越了狄金森和托德两个家庭。向来和睦的艾默斯特居民们被迫分成两大阵营，要么站在狄金森一边，要么站在托德一边，几乎无中间路线可言。

案情一开始对维妮很不利。维妮是在完全清醒自由的状况下签的字——当时在场的律师提供了强有力的旁证。案情的转机，是从维妮提供的一个证人开始的，这人就是狄金森家族忠心耿耿的女仆麦琪·马哈。在一次不公开的取证会上，麦琪说出了她眼睛所看到的秘密：在狄金森家园，在女主人外出时的常青居，在后来的戴尔家居。时间，场景，具体细节。麦琪以她一成不变的诚实和照相机般精准的记忆力，一轮又一轮地经受住了辩方律师的反复盘诘。从没正眼看过麦琪的梅布尔，这时才终于明白了一句老话："每一个名人都有邻居和亲戚。"这句话若翻成中文，差不多就是隔墙有耳的意思。当然，在"邻居和亲戚"之后，还可以加上"仆人"。

开庭那天，法庭被挤得水泄不通。没有人是为那块地而来的，他们要听的，是奥斯丁和梅布尔偷情的生猛细节。法官根据取证的结果很快作出了判决：维妮胜诉，梅布尔必须将那块地还给狄金森家人。法官判决的依据是：那块地是性交易的结果，不属于正常的礼物馈赠范围。

在这场轰动一时的诉讼案中，没有人是真正的赢家。维妮和苏珊一家的关系，并没有因此得到本质的改善。苏珊不能承受家族名声所遭受的羞辱，带着女儿去了欧洲。

而奥斯丁的儿子，爱德华·狄金森唯一的男孙，奈德·狄金森在结案的两周后突发心脏病辞世，年仅三十六岁。

假如艾米莉预料到在她身后自己家族会遭受如此的羞辱和灾祸，一定会庆幸她死得很是时候。

那场家族大战最大的输家还不是梅布尔，而是艾米莉。

输了官司后，梅布尔把尚存在她家的艾米莉手稿装进一个樟木箱子，上了锁——她当然毫无归还之意。维妮自己手里还存留着一些手稿，加上苏珊的那一份，艾米莉的文字被分割在三个不同地点的三只不同的箱子里，度过了暗无天日的漫长岁月。直到几十年后，当事人一一作古，这些文稿才通过两个家族的后人，慢慢浮上水面。

苏珊的女儿玛莎·狄金森·比安奇从母亲苏珊和姑姑维妮那里继承了两批艾米莉手稿。在1914年到1932年间，她编辑出版了六本艾米莉诗集、书信集，以及回忆录。而梅布尔的女儿米丽森·托德·宾厄姆在1945年到1967年间，也出版了一系列从母亲手里继承下来的艾米莉诗稿、书信稿，以及她自己的回忆录。艾米莉给罗德的信，就是那时进入读者的视野的。两位母亲生前的战争，在她们身后延续到了两位女儿的生命中，因为两位女儿都试图在书里为自己母亲申冤正名。在她们眼里，自己母亲才是艾米莉真正的知音，才是对诗人文学生命作出最重要贡献的那个人。

艾米莉留在世上的每一个字，到此时都已经化成了书页。市面上有多个艾米莉文稿的版本，却没有哪一个版本囊括了所有的诗和书信。1955年，一位叫托马斯·约翰逊的学者，终于完成了这个使命——他将艾米莉的全部诗歌，编成了三卷本的《艾米莉·狄金森诗全集》，并予以出版。他去除了后加的标题，恢复了大写字母、破折号和韵律的原状，并以诗人笔迹的变化为依据，将诗按大致的时间顺序陈列。总之，他尽可能按照写作时的原状将艾米莉的诗歌呈现给读者。三年后，即1958年，他又出版了三卷本《艾米莉·狄金森书信集》。从此，研究艾米莉创作生平的人便有了一个完整的文本。

可是约翰逊的版本并没有解决所有的问题。比如艾米莉原稿中的破折号形状长短不一，有些人认为这些差异是用来引领朗读者的，因此具有文本意义。而且，艾米莉经常在诗稿上作改动，有时一个词语旁边会列出好几个可供选择的替代词，每一个替代词都可能导致对诗的不同理解，任何一个印刷版本都只能反映其中的一个选词。于是在1981年，艾米莉诗稿的另一个版本应运而生——那是从原稿产生的影印本，这个版本的编辑是一位叫拉夫·富兰克林的学者。他根据装订针孔和涂抹痕迹的线索，大致恢复了艾米莉手工缝制的诗册的原样，并将诗作完全按时间顺序排列。

至此，围绕艾米莉·狄金森手稿的发表所刮起的旋风，总算是尘埃落定。这些不同的版本虽然各自走了一段迂回辗转的道路，却殊途同归地将艾米莉·狄金森推向了一个当之无愧的位置：美国诗坛上和惠特曼、爱伦·坡齐名的领唱夜莺。

在艾米莉·狄金森去世一百二十九年之后，我来到了她的故乡艾默斯特镇。那是一个七月天，阳光明媚，却没有暑气，风吹在身上竟有隐隐一丝凉意。这么多年过去了，主街没改名字，还叫主街。我站在车水马龙的主街街口，往深处望去，当年作为主街上最引人注目的狄金森家园，如今只是茂密的树丛中若隐若现的一角屋顶。

天还早，狄金森家园的游客尚未聚集。或许它原本就是这么个寂静的地方，正适合艾米莉的心思。狄金森家园装修保养得很好，窗明几净，地板踩上去也没有明显的吱呀声。只是那里陈列的，除了梅布尔当年使用过的那台需要手工拣字的打字机，没有几样是真正属于艾米莉的东西——它们是每一个细节都逼真的复制品。讲解员对狄金森家园的每一个角落都了如指掌，解说词里充满了艾米莉风格的细节。游客除了我们一行三人,还有两对老夫妻,分别来自纽约州和康涅狄格州,他们是表亲,相约一起出来旅游。

我们的第一站是狄金森家园的客厅。我努力将我看过多遍十分熟悉了的那张狄金森家园楼层平面图在脑海里展开,与眼下的房屋结构进行对比,想知道罗德法官到底该坐在哪里,才不至于听见餐厅或书房的任何杂音?我的脚步不由地就有些小心翼翼,生怕踩上他留下的足迹。讲解员开始细心地解释壁炉架上那张艾米莉肖像所采用的银版照相技术,纽约的那对夫妻显出了一丝不耐烦——那只是我们行程的开始。他们很快离开,我们的队伍遭受了第一轮的减员。

艾米莉的卧室正在进行第 N 轮的装修,只剩下了一张床和桌子,也是复制品。站在窗口望出去,我看到了艾米莉当年描述的那条"只容得下两个相爱的人"的小径,只是路已经被踩老,泥土和草混杂在一起,有隐隐的苍凉。常青居在小径的那头,山墙重叠,依旧气派。门口停着一辆大卡车,工人们在工作的间隙抽烟闲聊。我不禁叹了一口气:这年头想找一个不在装修的名人故居,几乎比找名人本身还难。

在卧室门口过道里,我看见了艾米莉唯一存留于世的一件白衣的复制品——真品如今收藏在艾默斯特的历史展览馆。真品白衣据猜测缝制于1878年到1882年间,艾米莉应该在四十八岁至五十二岁之间,已过了创造力的盛年,正处在和罗德的蜜信往来期。这衣服应该是呼吸过罗德的气息,染过罗德的指痕的。从复制品的尺寸来看,艾米莉并不像一些传记中所描述的那么娇小消瘦,甚至有那么一丝丰腴。白衣的右前襟上缝着一个外兜,我已经从史料里得知它的用途:艾米莉拿它来装铅笔头和废纸片,以便在灵感突然来访时应急。

常青居是另外一幅景象。常青居的最后一个住户于1988年去世,她在世时很早就意识到了这座房子的意义,所以一直小心地保持着屋子里的一切旧迹。推门进去,屋里浓重的霉味让我立刻打了一个响亮的喷嚏——那是苏珊一个世纪都没有散尽的怨气,于是我知道我将在这里遭遇历史。墙纸还是苏珊的墙纸,一条一条地垂挂下来,老得不成样子。宴客的椅子也是苏珊的椅子,坐垫上的布料咧着大大的口子,只有苏珊的油画还勉强保持着维多利亚时期的体面。

当讲解员跟我讲述鲍尔斯和苏珊的友情时,随我们一起进屋的那对康涅狄格州夫妇中的妻子迫不及待地问:"据说这里出过一桩很有名的婚外情,你能讲给我们听听?"她其实是想用"通奸"(adultery)这个词的,那个A音节已经溜到舌尖上,她又吞了回去,临时换成了"love affair"(婚外情)。讲解员和我对视了一眼,轻轻笑了笑,说:"等等,再等一会儿。"我知道她微笑里的意思:诗歌已死,就像小说已死、哲学已死、艺术已死一样,没有谁来这里是为了找诗。

那对夫妻没听到那个著名的故事,他们的表亲把他们叫走了,于是我们的队伍精简得只剩下了我们自己。

我在常青居找到了很多苏珊,却没有找到艾米莉。是的,苏珊离艾米莉的灵魂很近,可是,苏珊依旧不是艾米莉。在二楼的婴儿房里,我看见了一个摇篮,上面的说明是:"狄金森家的孩子们都在这里睡过。"我不知道"狄金森家的孩子们"是否也包括艾米莉?我忍不住感叹:艾米莉留在世上的寥寥几件家具和个人用品,如今被分别收藏在哈佛、耶鲁、艾默斯特等好几个地方,一如她当年的手稿。什么时候那些家具、用品能和艾米莉的房子团聚,不再过骨肉分离的日子?

下一站是狄金森墓园。西墓园出奇的小,我们毫无悬念地找到了那个照片上看过多回的家族墓群。艾米莉的左边是她的妹妹维妮,右边是她的父母,不远处是她祖父祖母的合棺。艾米莉的墓碑是后来换的,她的侄女玛莎为她刻上了"被唤回"(Called back)的铭文——这是艾米莉生前喜欢的一部流行小说的书名,也是艾米莉生前写给她表妹的最后一封信的全部内容。至今无人知晓艾米莉这句话的真正含义,到底是指她从昏迷中醒回来,还是指她将要被上帝召回?

艾米莉的墓碑上摆放着许多块石头——那是来自世界各地的崇拜者向她表达的敬意。有一块石头下压着一张纸条,上面写着:不要思想,也不要判断,只要倾听。

我也在上面摆了一块我自己的石头。

"艾米莉,谢谢你,给了我这样的诗。"我说。

这话我说出了声,声音走过喉咙时略略有些哽。说完了我不禁感到好笑:艾米莉的诗难道是为我一个人写的?

接下来的事有点像赶场:我想趁最后的半个小时去看一眼奥斯丁,他葬在自己创建的野林公墓。野林公墓面积很大,墓群很分散,若不是故居工作人员的指点,我们肯定会迷路。奥斯丁的墓坐落在正门右手边的一条土径上,墓碑很小。确切地说,他没有墓碑,只有一块比砖头大不了多少的小石板,仰面朝天地埋在土里。那块石板容不下他的全名,所以只刻了他名字的三个缩写字母 W. A. D.。假如没有苏珊为他立的那块上面篆刻着官样文章的大石头,谁都可能轻易错过他的葬身之地。据说苏珊曾动过起诉离婚的念头，但还没来得及付诸行动，奥斯丁就去世了，于是他们依旧像夫妻那样葬在一起，维持着维多利亚式的体面，继续做生前尚未做够的怨偶。

离奥斯丁墓一二百米处，是梅布尔的墓，旁边是她的丈夫大卫·托德，不远处是她的父母。梅布尔的墓碑是一块看上去挺新的黑色大理石，尽管铭文有些模糊了。碑是大卫替她立的，身份是大卫的妻子。"带着爱的记忆"——这是所有墓碑上的老生常谈。墓碑后边埋着一块纪念石板，上面刻着："奠基者，美国革命之女协会玛丽·马东分会，1894；艾默斯特历史学会，1899。"

我怔怔地看着这块石板，总觉得那上边缺了点什么。过了一会儿我终于明白过来，那上面缺了一行字："诗人艾米莉·狄金森的文学编辑。"

人们至死不肯忘记她在那场声名狼藉的偷情事件中所扮演的角色，却不肯稍稍记住她在那台手工拣字的打字机上耗过的八九个年头。

我从附近的树上采下一枝绿叶，放在梅布尔的墓碑上。其实我也可以放石头的，可我没有。我总觉得石头是单单属于艾米莉的。

太阳开始偏斜，背阴处有蚊蝇嘤嘤嗡嗡地飞过，我们要回程了。当主街渐渐化成车辆后视镜中的一个小黑点时，我突然想起，刚才在狄金森家族墓园，我怎么忘了问艾米莉：当她在那个世界里和维妮相遇时，她说的第一句话是什么？是"谢谢你让我在死后复生"？还是"假若你真爱我，为什么不让我静静地死去"？

只好等下一次了。

假若有下一次的话。

2015年8月10日于多伦多

乔治·桑

有一种欢愉叫声名狼藉

乔治·桑肖像
(Auguste Charpentier 1838)

乔治·桑晚年像，时年六十
(Nadar/摄，1864)

在法国诺昂小镇的乔治·桑故居

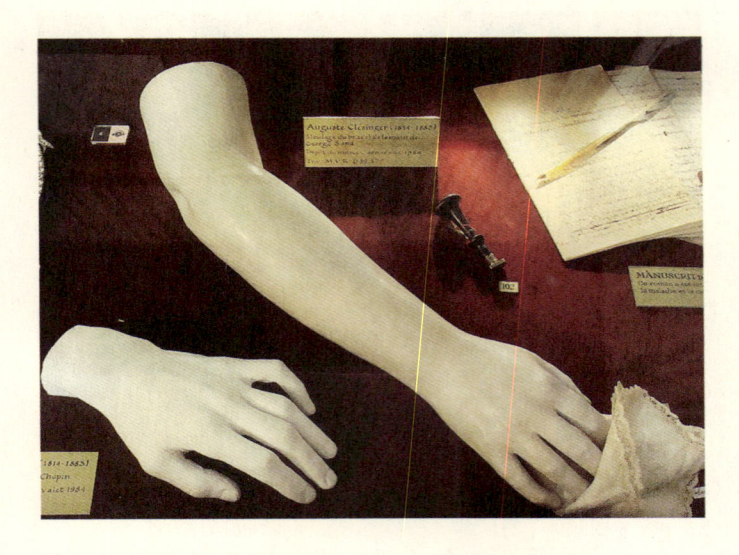

巴黎浪漫生活博物馆中陈列的乔治·桑（上）与肖邦（下）手模

巴黎拉雪兹公墓中的肖邦墓地

作者在诺昂乔治·桑故居花园中（何琨/摄）

一个声音这样响起

> 不要走在我前面,我不一定会跟从。不要走在我后面,我也不一定会引领。人的一生只有一种幸福,那就是去爱,或是被爱。
>
> 这个世界总有一天会认识和理解我的。即使那一天不会来临,也没有什么大不了,我已为其他女性开了路。
>
> ——乔治·桑

巴黎是一个乱花迷人眼的城市,怀有各种心理诉求的人,几乎都可以在这里的大街小巷中找到一角歇息眼睛和心灵的地方。

埃菲尔铁塔跟前,常年蚂蚁似的围着一团永远不见消散的人群,照相机快门声此起彼伏,咔嚓咔嚓地啃咬着这个城市早已千疮百孔的宁静——这是一群匆匆而过,急于带走一块地标纪念物的游客。

香榭丽舍大街上的路易·威登总部里，行走着的却是另外一群人。这些人的口袋里，无一例外地躺着一个饱实得几乎要爆裂的荷包。当身材曼妙的导购女郎端着香槟酒杯走过来，娓娓地介绍这一季的新款时，这些人眼神里闪动着的是令人难堪的不耐烦——这是一群迫不及待地要把巴黎的时尚和奢侈割一片带走的购物狂。

奥赛博物馆的地板，却是被另一类人的鞋底擦亮的。这些人的目光，久久地粘在一些被无数前人的目光舔得越来越模糊的画像上，世界的喧哗渐渐远去，他们的脸上浮现出一丝都市里难以见到的虔诚和纯净——这是一批企图撕一角巴黎的艺术气息，来点缀自己日复一日千篇一律的生活的人。

相对来说，圣丹尼大教堂的皇家墓地里，行人便稀少了许多。那里的游人，大多不是第一次来巴黎的新客，你很难在他们的眼神里找见被导游所驱赶的急迫。他们细细地阅读每一块墓碑上的每一行铭文，他们走过那些幽暗阴森的长廊时，脚步和呼吸都是小心翼翼的，生怕惊扰了那些似乎刚刚从血腥的大革命风暴中安定下来的亡魂——这是一群想在多事的法国历史中寻找一扇未被开启的门的窥探者。

由于各种因缘，我与巴黎曾有过多次相遇的经历，短则五天，长则三个月——我混迹于各类人群中，做过各种看客。随着时间的推移，猎奇的毛孔开始收缩，那些地标性的建筑物在审美疲劳中逐渐失去奇光异彩，地铁线路图和街边的小吃店反而在脑海里慢慢清晰起来。于是我知道，我已经不仅仅是一个看客。在一个月朗风清的夜晚，我站在艺术桥上，看着塞纳河沿岸的灯火在水面上洒下万点碎银，一个埋藏多年的名字毫无预兆地在我耳畔响起。就在那一刻，我隐隐意识到，这么多次的巴黎之旅，冥冥之中似乎都是在为追寻这个名字而作的一层层铺垫。直到时光在喧嚣中沉静下来，掸去旅行者身上的焦虑，洗净观光客眼中的疏隔迷惘，才有可能看清这个名字所包裹着的复杂灵魂。

这个名字就是乔治·桑。

三十多年前，当我还是一个相信只有想象力才是人类认知边界的年轻大学生时，有两个奇女子一先一后地闯进了我的视野。两人都取名乔治，一个叫乔治·艾略特，一个叫乔治·桑；一个居住在英国，一个居住在法国。她们把以男人为定音鼓的十九世纪文坛撕开了一条裂缝，固执而强硬地塞进了自己的声音——尽管是以男人的笔名。那时我就想，总有一天，我要和这两个奇女子作一次面对面的坦诚交谈。世事沉浮，命运多舛，三十多年的尘土不知不觉间就掩埋了年轻时的许多奇想。我多次在欧洲大陆行走,与这两个女子擦肩而过,却始终不敢回头仔细相望,因为这一眼太沉重,一不小心就要耗上很多的心神。

然而在三十年后的今天,我终于决定去赴和乔治·桑的约。这一次我要拂去巴黎街面厚厚的红尘,来追寻她被时光深藏的足迹。

诺昂
杂交的树木

在离巴黎约三百公里的地方,有一个叫诺昂的小镇,乔治·桑在这里度过了她人生很多时光。

假若没有乔治·桑,诺昂大概永远只是法国地图上一个可以忽略不计的小黑点。因了乔治·桑,这个地名开始出现在一些旅游手册上。每年入冬前,旅游巴士总会在镇里的停车场上吐出一群群虽不算稠密,却也络绎不绝的游人。街面上到处可见乔治·桑的名字——橱窗里,路牌上,小学校的门前,路灯柱子上,甚至餐巾纸上。诺昂成就了乔治·桑,而乔治·桑也成就了诺昂,隔着两个世纪的云雾,我们已经很难判断何为因,何为果。

假若把一个人的身世设想成一棵树,那么乔治·桑这棵树的根系像牵牛花藤一样交缠纷繁。

乔治·桑的父亲莫里斯·杜邦虽然只是一名陆军中尉,但根据巴黎浪漫生活博物馆所展的乔治·桑祖谱,他却是鼎鼎有名的法国大元帅萨克斯的外孙，而萨克斯本人则是波兰国王奥古斯都二世的私生子。萨克斯的表亲里，有一串长长的非常拗口的君王名字。相形之下，乔治·桑的母系祖谱则简单多了——她母亲苏菲·德拉博只是一个身份卑微的鸟店主的女儿。乔治·桑父系的血统可以一路追溯到天穹，而母系的血统却深植于泥土之中。乔治·桑在云和泥中找到了一块最合宜的地盘，她像一个贪得无厌的孩童，从父系和母系两头的血液里吸取最好的营养，来培植属于自己的生命之树。这是一棵经过离奇嫁接的树苗，难怪日后会长出充满诡异的欲望和能量、任世间技艺最精湛的园丁也无法修剪成型的枝丫。当然，那是后话。

当她还是一棵树苗的时候，她并不叫乔治·桑——乔治·桑是很后来的事。她出生时的名字非常长，叫阿曼坦·露西·奥萝尔·杜邦。奥萝尔呱呱坠地，一脚踩进了一个风起云涌的世界。她的国家，那一刻正牢牢地捏在一个小炮兵出身的名叫拿破仑·波拿巴的汉子手上。那时离滑铁卢战役还有整整十一年的时光。拿破仑的野心正拴在他的马蹄上，笃笃地跨过欧洲大陆，使每寸所经之地沦为战场。奥萝尔五个月大时，巴黎圣母院上演了一出被史书不厌其烦地演绎过，且以巨幅油画的形式记录在卢浮宫墙上的盛典：三十五岁的拿破仑，迫不及待地从教皇庇护七世手中抢过皇冠,戴到自己头上,并为妻子约瑟芬·博阿尔内加冕,封其为皇后。那天杜邦中尉或许没能混迹于加冕仪式的显赫观礼人群之中,然而这并不妨碍他追随他的偶像南征北战。

三岁的奥萝尔和母亲一起随军去马德里。杜邦中尉很快发现,他的女儿不再是他一个人的,而是属于整个军营的。每一天,她都在一双双被火药熏黄的手间来回传递着,而她自己的手,也很少有空闲的时候,总是塞满士兵们送给她的野花和糖果。她天真无邪的笑容如蘸了温水的丝绸,抚平了那些被风雨吹打得无比粗粝的脸。在战火间隙,杜邦中尉开始教女儿识别花草虫鸟还有战马的语言。**多一点,再告诉我多一点,爸爸**。奥萝尔总是这样贪婪地央求她的父亲。

可是,她很快就离开了军营,被送到诺昂交予祖母抚养——她四岁那年,杜邦中尉坠马身亡。父亲如流星在奥萝尔的生命中转瞬即逝,然而,他却像刀像凿,在她最柔软最易被雕塑的童年记忆中,刻下了不可磨灭的印记。幼年那段短暂的军旅生活,给她日后的性格铺下了最初的狂野底色。

离开了父亲的奥萝尔,生命从此展开了一个新的篇章——一个与诺昂紧密相关的篇章。诺昂是个只有四百三十口人的村庄，与繁华的巴黎有着天壤之别的处事方式。流淌着皇家血液，身为萨克斯元帅私生女的杜邦夫人，对孙女奥萝尔采取了一种任由其天性发展的教育方式。她请了一位家教，随意教导奥萝尔一些零散的文史科学知识，其余时间，奥萝尔过的是信马由缰的自在生活。她很快就讲得出乡野里每一样植物每一朵野花的名字，天上飞过的每一只鸟儿的种类，猜得出哪种云彩会催生什么样的雨，哪声犬吠会带来什么样的客人。诺昂给了她终身受用的硕健体魄和对土地无法剥离的依恋。当她注视那些耕作在土地上的人时，眼里总是无法抑制地带着一丝温情。后来她说过这样的话："我从他们高尚的眉端看到了上帝的印记，相对于那些通过金钱购买土地拥有权的人，他们才是生来就是土地真正的君王。"

奥萝尔童年晴空里的唯一一片阴云，是对母亲的思念。贵族的血液在还算开明的杜邦夫人身上烙下了一个微小却无法抹去的印记：她绝对不能接受身份卑微且有过风尘女子经历的儿媳妇，无论是在儿子生前还是死后。在远离母亲的日子里，奥萝尔和祖母渐渐产生了一种类似于母女的情愫。她们一直生活在诺昂的庄园里，直到杜邦夫人去世，中间唯一的一段分离，是奥萝尔去巴黎一家修道院接受正规教育。

从修道院回到诺昂的奥萝尔，已是二八年华，生命之树正在抽出最强健的青春之枝，而杜邦夫人却渐渐老去，走在颓败枯萎之途，常年生病，足不出户。奥萝尔有了绝对的自由，广猎群书，并很快学会了骑马射猎，和男人一样纵横乡野。她的眉眼间已经生出第一丝风情，她将它迫不及待地丢掷给和她在乡野相遇的男人。日后世间对她妇德的强悍攻讦，此时已在诺昂埋下了第一个伏笔。

第二年，杜邦夫人病逝，给奥萝尔留下了一笔五十万法郎的遗产和位于诺昂的杜邦家族庄园。

祖母死后，奥萝尔将要回到母亲的监护下生活。母亲的世界有它独特的魅力：结实，经得起摔打，充满街头智慧。母亲的世界也有它的麻烦：平庸，无知，与精神和思想绝缘。母亲的世界是一条一眼就可以看到头、没有多少意外景致的陋街窄巷。十七岁的奥萝尔站在这条巷口不寒而栗，于是她选择了逃避。她逃避的方式具有极大的诱惑力，叫古今中外无数男女迷惑失足——它的名字叫作婚姻。奥萝尔迫不及待地钻进这座城堡，没多久就发现这里其实更像是陷阱——她像失足的困兽被绳索羁绊，无法脱身。

她选择的丈夫叫加斯密·杜德旺，是杜德旺男爵的私生子，比她年长九岁，心眼不坏，只是生性沉闷。和大多乡绅一样，他酷爱骑马打猎，话题永远围绕着天气和牲畜，爱和侍女们不失大雅地厮混，时不时发点酒疯，对兜里的那几个钱看得很紧。我见过一张他的照片：略显肥硕，发际很高，微微地蹙着眉，双颊泛着农夫脸上常见的那种日晒雨淋后的潮红。这张照片和后来成为乔治·桑的那个女人的肖像摆在一起时，我的眼睛像飞进了一粒沙子似的不安。

奥萝尔还没从新婚的惊讶中醒来，就已经成了一儿一女的母亲。儿子叫莫里斯，女儿叫索朗日，她爱他们，爱到痴狂的地步。日后世人指着她的脊梁对她吐过千口万口的唾沫，但没有几滴溅湿过她的母性——即使是她最凶狠的敌人，也很少质疑她对子女的爱。

渐渐地，奥萝尔发觉她再也不能忍受杜德旺的平庸。她可以容忍自私，甚至原谅邪恶，却像害怕死亡一样地害怕平庸。于是，她开始了人生第一轮走马灯似的红杏出墙，诺昂坚硬的道德板块遭遇了空前的地震。诋毁之声传到她耳中时，她毫不避讳地宣称："具有我这般鲜活激情的人，四个情人一点也不算多！"

结婚九年后，她终于带着女儿索朗日离开诺昂，来到了巴黎。又过了四年，奥萝尔和杜德旺男爵签署了法定分居协议。在那个"离婚"还没有成为字典词条的年代，分居是保存上流社会颜面的最后一块遮羞布。杜德旺男爵蒙着这块布，准许了他妻子的正式离场，因为他看见了乌云里的银边——她得到了她渴望已久的自由，而他将拥有她祖母留下的那笔庞大遗产的监控权。

在诺昂的日子，奥萝尔早已完成了自身的所有教育，不管是从书本里，还是在书本外。那是一个何等难以归类的教育经历啊，却和她云泥混杂的身世相得益彰。在接下来的漫长岁月里，奥萝尔只需要把她得到的学问慢慢地付诸实践。

1831年初，二十七岁的奥萝尔牵着女儿索朗日的手，行走在巴黎料峭的春寒中，开始了生命中的另一个章节。两代女人的命运何其神秘地相像——奥萝尔随父从军的那年是三岁，索朗日被母亲带出诺昂时也是三岁。春风撩起奥萝尔的额发，露出她已经有第一丝细纹的颜面。她遥望街上的车水马龙，目光炯炯，对未来充满了忐忑不安的期待。当时无论是她还是她手中的索朗日，都没有预料到，一个声名狼藉的女人正在被塑造。不久的将来，欧洲文学史的某一个章节，将会以这个女人命名。

巴黎
声名狼藉的日子

巴黎蒙马特区红磨坊附近，那个小小的浪漫生活博物馆，藏身于一条被现代化建筑掩盖的小巷里，只有一块小路标，若不专程而来，行人极易错过。这幢连在巴黎居住多年的人也不见得知晓的楼房，在十九世纪前半叶，却是巴黎文人墨客画家音乐家趋之若鹜的场所。这幢楼房有一个显赫的主人——十九世纪荷兰著名旅法画家阿里·谢菲尔。主人虽然显赫，可比主人更显赫的，却是从这幢楼房里进出的客人：楼前的石柱上，曾经拴过狄更斯、屠格涅夫的马车；门厅里的中国瓷瓶，曾插过乔治·桑带来的鲜花；德拉克洛瓦的画笔，在画室支起的帆布上走过千百个来回；肖邦、李斯特的琴声，曾在这里的四壁之间无数次地碰撞。

二十世纪五十年代，谢菲尔的后人把这幢浸透了欧洲人文历史的楼房，捐献给巴黎市政府，从此这里就成了纪念法国十九世纪浪漫主义艺术的博物馆。九十年代,这座楼房经历了一次大装修,基本恢复了当年的旧样——除了从前铺在门前栏杆上的那条挂毯。关于这条不复存在的挂毯,讲解员说了一个令人莞尔的小故事:当年在栏杆上搭那条挂毯,既不是为了装饰也不是为了避寒,仅仅是为了不让马夫用人们看见那些穿着紧身长裙的贵夫人,上下台阶时有可能露出的贴身衬裙。

这是一幢洁净优雅的两层楼房,白色的墙面上镶嵌着雕有精细条纹的绿色百叶窗。楼侧有一个花园,天依旧冷,玫瑰刚刚绽出第一批新蕾,寥寥几个游客穿着厚厚的夹克衫坐在风里,喝着巴黎特有的小杯咖啡,等待着博物馆开门。

博物馆第一层的所有展品几乎都与乔治·桑相关,第二层展出的是谢菲尔和他同时代画家们的画作。我推门进去,几乎第一眼就撞见了一幅乔治·桑的肖像。画像整体色调很灰暗,头发衣服和画布的背景几乎混淆成一团。画面上唯一的亮点是她的脸,还有鬓上簪的那串说不出名字的鲜花。乔治·桑的眉眼极浓,目光里有隐隐的深邃和凶悍。深褐色波涛般汹涌的头发和带着橄榄肤色的脸,使她即使在完全静止时也不可抑制地流露出几分波希米亚风情。她的脸颊、颈项和半掩的胸脯都很丰腴,饱实的嘴唇微微上翘，挤出一个半是嘲讽半是挑逗的微笑。很难在这张脸上使用诸如美丽、精致、典雅这样的形容词，然而那上面的每一个毛孔都大大张开，汹涌地流淌着生命的欲望，令人过目不忘。

这张肖像画于1838年，那年乔治·桑三十四岁。那年她早已是名声大噪的作家，也已把半个法国文坛收编在她的石榴裙下。那年她打胜了一场官司，成功地从杜德旺男爵手里夺回了祖母留给她的遗产，还有两个孩子的监护权。那年她刚刚和一个叫肖邦的男人坠入爱海，她和他即将带着她的两个孩子一起去西班牙的马略卡岛过冬。那年这个已经改名叫乔治·桑的女人，正站在她生命的巅峰，带着一丝怜悯俯瞰芸芸众生，一只耳朵抵御着半个巴黎城对她的凶猛讨伐，另一只耳朵陶醉于另外半个巴黎城对她的热烈钦羡。那年之前的所有日子，似乎都在为那年作着辛苦的铺垫。从那年往前数，她还没有熟透。从那年往后数，她就熟过了。就在这个熟透了却还没有熟过的当子里，她遇到了肖邦——那是下一个章节的故事。

我们还是从那年往回数七个年头，数到1831年——那个还叫奥萝尔的女人，正怯生生地踏上巴黎之途。

在巴黎一住下，奥萝尔兜里那几个从丈夫手中死命抠下来的法郎，很快就消失在房租炉火和盘中餐里，她开始经历只有母亲那个群体才有可能经历的捉襟见肘。这时，母亲赋予她的那一半血液派上了用场。平生第一次，她发现自己在使用母亲的凶悍方式来应付母亲式的困窘生活。她卷起袖管，换上便鞋，沿街走巷一样一样地尝试可以给她带来面包和煤炭的营生。没多久她就明白了，真正能救她的，还是她手上写出的文字。于是她开始伏案书写。从她羽毛笔下流出来的文字，渐渐化为豆腐块大小的文章，出现在《费加罗报》上。可是稿费实在太少——那几个铜板还没来得及带上她手掌的体温，就已经飞快地花了出去。她依旧生活在窘迫之中。

就在这个时候，奥萝尔认识了她一生中第一个勉强可以称作真爱的男人。这个男人叫于勒·桑杜，比奥萝尔小七岁，是个新闻记者——当然还是一只刚飞进报业的菜鸟。二十岁的于勒，具有与二十岁的年龄完全不相称的聪明和敏锐，他和奥萝尔一样，正跃跃欲试地想在巴黎扎堆的文人墨客里，钻出一条可以插脚的缝隙。电闪雷鸣般的吸引，不光是上述原因。生活这头巨兽很快就教会了他们：两双手比一双手有力，两个身子比一个身子御寒。他们自然而然地睡到了一张床上。已经有过两个孩子的妇人奥萝尔，平生第一次在于勒的身上感受到了灵魂在场的肉体狂欢。

他们俩合作写出了一部名叫《露丝和布兰奇》的小说。和乔治·桑后来的许多小说一样，这部小说是以书中主人公的名字命名的。两人为作者署名的事绞尽脑汁，最后想出来一个笔名：于勒·桑。后来乔治·桑的笔名，就是由此而来的。这部小说虽未大红大紫，却引起了一些关注，只是当时无论是于勒还是奥萝尔都不知道，他们的脚已经踩在成名的边缘上。

这场小试牛刀像一根棍子，把奥萝尔击醒了，她猛然意识到：她手里的笔写起小说来比写新闻稿更为顺畅。从此于勒和奥萝尔分道扬镳，各自走上自己的文学之路——当然，这时的分道扬镳还仅仅是事业上的，他们真正意义上的分手，还要稍后一些。于勒后来以自己的真名发表了许多小说和剧作，在文学的路上走得很远，一路走到了法兰西学院。但不管他走得多远，也走不过奥萝尔。她以乔治·桑的笔名，一跃成为法国历史上第一位职业女作家，携带着她数以百计的文学作品，跨过千山万水走进了世界文学的殿堂。那是后话。

巴黎很快把奥萝尔改变成乔治·桑，而乔治·桑也很快改变了巴黎。巴黎是一个永远不愁话题的热闹都市，然而巴黎的话题无论怎样新奇，也总有一个边界。自从乔治·桑加入巴黎的话题，巴黎的话题突然失去了边界。

这一季的新话题是关于乔治·桑的衣装。

这时的乔治·桑,早已脱去诺昂的束身胸衣箍腰长裙,换上了一身新装扮。她身着男式西装紧身马裤,头戴高筒帽子,手夹劣质雪茄,随心所欲地进出巴黎各样的社交场所。当她看见门童接过她的帽子,目瞪口呆,颤抖着嘴唇不知该称呼她"女士"还是"先生"时,便忍不住用她那副被烈酒腌得嘶哑了的嗓门放声大笑。这样放肆的笑声让以颜面为门脸的上流社会失其魂魄,五色无光。当人们猜测这个疯狂的女人大概想成为男人时,她却收起笑容,紧了脸,正色地说她只不过想成为一个真正的完全自由的女人而已。

乔治·桑对自身奇装异服的解释是,跟那些充满繁文缛节的精致女装相比,这样的男装更经穿,可以多年不用购置新衣;这样的男装舒适方便,便于奔跑行路,而不用害怕摔跤;这身装束还给了她随意进入各种对女人关闭的场所的自由。巴黎街面上那些戴着羽饰帽穿着箍身裙撑着小阳伞娉婷行走的贵夫人,谁也不愿把这样的解释当真,她们不约而同地发出了响亮的嘘声。嘘声之下,是一些连她们自己也无法直面的实情——她们对乔治·桑有多少恨意,就有多少欣羡。其实她们也想成为乔治·桑那样完全自由的女人,只是她们不能,因为世上只有一个乔治·桑。面对社会上那些对她惊世骇俗的举止的激烈抨击，乔治·桑不屑一顾地使用了一个乔治·桑式的比喻："对于没有灵魂和美德的人来说，礼俗才是唯一的准则。世人的好感是个婊子，只卖身给肯出最高价的嫖客。"

这一季，巴黎的另外一个热门话题是乔治·桑的男人。

乔治·桑和于勒的恋情正渐渐降温。于勒病了，依旧依恋她，却更像是儿子依恋母亲。汲取了母亲强悍基因的乔治·桑，一生身体硕健，极少卧病。对于生病的男人，她有一种无法言说的复杂心情。她像母亲一样充满怜悯地照拂他们，但她看他们的眼神里，却带着一丝连她自己也很难察觉的厌恶。她开始怀疑，是不是自己过于旺盛的生命之火，正在把年轻柔弱的于勒渐渐烧空？很不幸，她的猜测在日后走马灯似的走进她生活的男人身上，一一得到验证。

和于勒的决裂是痛苦的，因为他是她精神意义上的初恋。带着初恋的创痛，乔治·桑回到家乡诺昂疗伤。当然，和以后的每一次疗伤过程一样，乔治·桑用来安抚创痛的方法，是一个新的男人。

这次的男主角是个叫梅里美的年轻人。当梅里美赶往诺昂会见乔治·桑时，他在法国文坛上还是个寂寂无名的小子，还需要八九年的时间，他才会写出《高龙巴》。而那部被后世在舞台上用各种语言演绎了千百回的《卡门》，那时在他脑子里连芥菜籽那么大的雏形也尚未形成。梅里美是乔治·桑情欲天空中消陨得最快的一颗流星——他们的恋情只维系了几天。

那几天里他们之间到底发生了些什么，是一个众说纷纭的谜团。我们只能从乔治·桑给友人的信中略见端倪："在这段无聊和绝望的日子里，我遇到了一位毫无猜疑之心、宁静而强壮的男人。但显然他不理解我的本性，并嘲笑我的忧伤。他心灵的力量使我全然着迷……我犯了一个最为愚蠢的错误，成了 P. M.（梅里美）的情人。"而梅里美则写了一部名为《双重错误》的小说，讲述的是一个充满欲望引诱和失望的男女之情的故事。巴黎文坛的好事之徒不费吹灰之力就从中读出了乔治·桑，而关于梅里美远非完美的床笫表现，巴黎坊间开始出现了纷纷扬扬的传闻。可以肯定的是，诺昂乡间两人的私会，不是一次天堂之旅。

和梅里美分手后，乔治·桑又回到了巴黎。在那以后的几十年里，她在巴黎和诺昂之间来回行走，像吮吸来自父系和母系迥然不同的营养那样，贪婪地吮吸都市喂给她的文明和乡野喂给她的宁静，把它们一一化为笔下的文字。在署名乔治·桑的小说一本一本地问世，好评和恶评如潮水涌来时,她依旧有足够的精力,热切地迎接形形色色的男人。她的情人背景各异,有医生、律师,但更多的是艺术家文人墨客。乔治·桑把自己点成一盏巴黎夜市里璀璨的灯火,招引着为光明奋不顾身的年轻人。但她绝不肯仅仅做一盏灯,被动地等候扑火的飞蛾。她是个主动的征服者,敞开衣襟,用"有思想的胸脯"引诱巴黎每一个闪烁着才情的男人。在追星捧月的男人堆里,有这些显赫的名字:德拉克洛瓦,安格尔,李斯特,舒曼,门德尔松,巴尔扎克,雨果,福楼拜,海涅,大仲马……可是他们并没有进入她的床帏——上床的是另外一些人。

乔治·桑的名字,成了报刊的常客,而且是在不同的版面上:花边新闻,文学动态,社会局势……她的一举一动一言一行都为千夫所指,是舆论抨击谩骂的对象。有多幅漫画,都是为嘲讽乔治·桑而生。我曾经看见一幅当年轰动一时的漫画,名为《乔治·桑和友人在诺昂》,背景是诺昂的杜邦庄园,蓝天白云之下,有一片玫瑰丛生的草地,小溪从其间潺潺流过,羊羔在静谧地食草。在这个隐喻着伊甸园的画面里,戴着礼帽穿着长裙的乔治·桑安坐树荫下,一群男人围绕在她宽大的裙摆周围。若没有法国友人的解释,我绝对不会知道,画面上的每一个男人都有所指,或是大文豪巴尔扎克,或是大音乐家李斯特,或是大画家德拉克洛瓦……乔治·桑手里捧着一只红鹦鹉,被意喻为钢琴家肖邦。那一群男人尽管衣装神态各异,但他们的脸都仰望着那个制高点上的女人,朝圣似的目光在女人身上钻出一个个滚烫的洞眼。

乔治·桑像一个瘾君子,在爱欲的河流里流连忘返,她向巴黎一刻不停地索取爱的滋养。巴黎,也只有巴黎,才给得起这样无穷尽的丰沛滋养。在巴黎这张巨大的眠床上,乔治·桑"毫无挣扎毫无痛苦毫无懊悔毫无矫揉造作之态"(乔治·桑语)地体验着每一种挣脱了法律绳索捆绑的情爱方式。在给友人的信中,她说:

> 我多么希望我能传达给你我血管里固有的对生活炽烈而欢快的感受。活着!那是多么的甜蜜和美好,尽管存在着烦恼、丈夫、债务、人际关系、丑闻贩子、各样的痛苦和刺激!活着!那是令人沉醉的!去爱,也被人爱!这就是幸福。这就是天堂!

在乔治·桑众多的情人中,有一个名字是不能不被提及的,那就是阿尔弗雷德·缪塞。缪塞或许是个天才诗人,可是很遗憾,后世对他的认知,却多半来自他和乔治·桑的绯闻。缪塞是贵族出身,长相极为俊美,很多年后乔治·桑依旧记得他那双"梦幻般的眼睛,阔张的鼻孔,半张半合的朱红色嘴唇"。他们相遇在1833年6月的一个晚宴上,那天乔治·桑款款地走进屋来,还没开口便瞬间吸引了全场的目光——她腰间佩了一把饰满宝石的匕首。那年乔治·桑已经出版引起极大轰动的《安蒂亚娜》和《瓦朗蒂娜》,但她对巴黎最重大的贡献还不在文学上——她用她"柔弱无骨的小胖手"(小仲马语),抚过整个巴黎文艺版图,每一个地标都在她温软的抚摩中发出颤栗的呻吟。那一年,即将三十的乔治·桑已经见识过大千世界,而二十出头的缪塞才刚刚翻越少年和成年中间的那道沟坎,他对女人的认知,还停留在酒肆和妓院里。那个6月的夜晚,年轻俊美的贵族诗人缪塞推开通往成人世界的大门,迎面就撞上了一个身高只有一米五四的巨人——他无法抑制地疯狂地爱上了那个实际年龄只比他大六七岁,而社会经历却足可以做他母亲的乔治·桑。

接下来的故事其实是略加修改的于勒·桑杜故事的翻版:儿子式的依恋,母亲式的爱抚;她是他生命的整片天空,而他只是她旅途中的一段景致;她身上极为旺盛的生命力,渐渐将他消耗殆尽。

1834年1月,乔治·桑和缪塞一起去了威尼斯,在一段短暂的蜜月般的时光之后,他们发生了激烈的争吵。缪塞在威尼斯染病,乔治·桑用照顾过于勒的手照拂着缪塞,而她看着缪塞孱弱的病体,眼里泛上的是当年曾落在于勒身上的怜悯和厌恶。终于她无法忍受变馊了的爱情,抛下病中的缪塞,与她的新欢——一位医生,一起回到巴黎。

在给缪塞的信中,她说:

> 不是的,我亲爱的孩子,这三封信不是离开你的那个情人的最后誓言,而是那个依旧留在你身边的兄长的拥抱。那份感情实在太美丽,太纯洁,也太温柔了,我永远也不需要停止感受它的存在。不要让我的回忆毒害你生命中的快乐。同时,也不要让这些快乐蔑视摧毁我的回忆。幸福吧,被人爱吧——你怎么能不这样呢?但请把我放在你心中一个隐秘之处,当你最哀伤时,去那里寻找慰藉和支持。

他们的恋情在威尼斯经历了一次伤筋动骨的考验,最后的决裂发生在第二年。回到巴黎后,他们又经历了一系列的争吵、分手、和解,其间乔治·桑甚至剪下一缕自己的头发,送给缪塞以示和意,但最终他们还是分道扬镳。在巴黎浪漫生活博物馆,我看到了一缕装在一个圆形玻璃盒里的乔治·桑的头发。将近两个世纪的岁月，已经将这缕头发上的颜色和光泽洗去。失去了生命的滋养，它看起来就像是一束干涩的茅草。我无法考证这一缕头发是不是当年赠予缪塞之物，但我的心依然轻轻地颤了一颤：原来以青丝相许明志的习俗，并不仅仅是东方文化独有。

乔治·桑与缪塞绚丽却短暂的恋情，留给法国文坛的，不仅是永不衰竭的花絮传奇，而且还有一系列世代相传的文学作品。缪塞一生中最好的抒情诗，都是在乔治·桑的爱情滋润中作成的。和乔治·桑分手一年后，他发表了代表作——自传体长篇小说《一个世纪儿的忏悔》。在这本以他和乔治·桑情缘故事为蓝本的小说里，一个理想化了的乔治·桑形象被缪塞永久性地固定在文字间。而在二十三年后的1859年，乔治·桑发表了一部名为《她和他》的小说，同样以她和缪塞的故事为蓝本，口气却远没有缪塞那样大方温情。缪塞的哥哥读后，深为弟弟打抱不平，很快便发表了一部名为《他和她》的小说。光凭书名我们就可以猜出内容——那是用来反驳乔治·桑的。在两个迥然相异的版本面前，唯一的知情者缪塞却再也无法为自己辩解，因为他已经在两年前去世，年仅四十九岁。

写到这里，我心里生出隐隐的不安。十九世纪的法国文坛真是令人神往却也让人心生恐惧啊，在那里行走的人，似乎都爱急切地摊晒自己的床帏私密。每一场恋爱，每一桩风流韵事，都能很快找到一条通往文字的小径。文坛由此活色生香。

可是，后世真的需要这么多的色彩和细节吗？我不知道。我真的不知道。

缪塞已经退出乔治·桑的情感舞台，可是戏还远没有落幕，因为最重要的一个角儿，还没有登场。那是一个来自波兰的年轻人，名叫弗里德里克·弗朗索瓦·肖邦。

肖邦
一场燃烧和毁灭

十九世纪的巴黎真是热闹啊，吸引了全世界的各路人马。有的人来巴黎，是看革命的；有的人来巴黎，是逃革命的；有的人来巴黎，是秀本事的；有的人来巴黎，是学本事的；有的人没本事也不想学，仅仅是来看别人显摆本事的。于是，巴黎的沙龙酒肆客栈戏院里，密密麻麻地挤着带口音的外乡人。随便挑出几个名字，就能吓死后人：密茨凯维奇，海涅，李斯特，门德尔松，舒曼……

这一年秋天，巴黎街头又多了一个外乡人。那是一个刚刚二十一岁的年轻人，一头麦浪似的卷发，尖下颌，高鼻梁，眉眼俊美得像米开朗琪罗刀下的大卫，只是比大卫多了几分阴柔。年轻人走在秋意浓重的街上，落叶在他脚下发出窸窸窣窣的裂响，随身携带的行囊上，沾着厚厚一层灰尘——他已经走了很久很远的路。行囊不重，却压弯了他的背，因为里边有一把来自故乡的泥土。他的家乡华沙，此刻正沦陷在沙皇手里，他有家难回。他当时并不知道，从离家的那一刻起，命运之神就已经在他的脚上拴了一根绳子，领着他越来越远地走向一条不归路——此生他再也没能回到波兰。

这就是1831年的肖邦，贫穷，寒酸，肩扛着沉重的国恨乡愁，徘徊在一片尚不知冷热的陌生土地上。这个在波兰轰动一时的音乐神童，在巴黎却不为人知。巴黎不是肖邦的天下，至少那时还不是。那时全巴黎的耳朵，都拴在一个叫李斯特的匈牙利人的琴键上。

巴黎的路很宽，宽得同居一城的两个人，在一条路上来回走上几十年，可能也见不上一面，比如分手后的梅里美和乔治·桑。巴黎的路也很窄，两个陌生人，一条街上随便拐个弯，就相遇相知了，比如李斯特和肖邦。天才和天才相遇，势必要撞出绚丽的火花，不是你死我活的嫉恨，便是惺惺相惜的爱怜。李斯特只用半只耳朵，就听出了肖邦是知音。李斯特的纤纤细手把幕布轻轻一撩，就把肖邦引到了巴黎的舞台上，两人从此演绎出一段既生瑜也生亮的辉煌。

在巴黎，从一位导游那里我听到了一桩轶事：在一场音乐会上，主角李斯特在全场灯光暗转的时候，悄悄换上了肖邦。当慕名而来的听众正在疑惑为何他们熟悉的演奏风格突然改变时,灯光亮起,李斯特郑重推出了肖邦。从此,肖邦的名字把巴黎精致的耳朵渐渐擦暖。

听到这个故事时,是在一个4月的早晨,阳光孱弱,风却很是强劲,厚厚的外套尚无法抵御从塞纳河吹来的春寒。可这个小小的故事落在我心里,却生出细细一丝暖意。我已经看过太多因嫉而生的恨,因恨而生的歹毒,因歹毒而生的诬陷和杀戮。也许惺惺相惜是辞典里一个过时的词语,但彼此相容总是可以的吧?愿这个世界会有更多的李斯特和肖邦——不仅仅是为了音乐。

肖邦在巴黎很快就找到了立足之地,演出和授课的收入迅速改变了他的经济状况。两年后,他走在同一条街上,已是一身华服,且有了自己的专用马车,虽远非奢华,却已脱尽当年的寒酸。只是,他生命中最重要的转折点,此时还静静地潜伏在某个尚遥远的路口,等待着一只神来之手的推助。

这一次,这只神来之手依旧是李斯特。

1836年的某一天,在情人玛丽·达古伯爵夫人举办的聚会上,李斯特把乔治·桑引荐给了比她年轻六岁的肖邦。这次被后世不知演绎成多少个香艳旖旎版本的会面,其实完全不是人们所猜想的那样。那天乔治·桑依然身穿男装,一根又一根地抽着雪茄。受过正统保守教育的肖邦,对这一款的女人很不以为然。聚会后他对朋友说:"桑是个多么令人生厌的女人!但她真的是女人吗?我有些怀疑。"然而肖邦却在乔治·桑心中留下了一个值得耗费三十二页信纸的印象。她没有立即行动,因为那时肖邦的心正被一个叫玛利亚·沃辛斯卡的波兰女子全然填满,腾不出一丁点空间来搁置任何有关别的女人的遐想。两人相遇在一个节拍错乱的点上,和弦是一个不切实际的幻想。这一次乔治·桑罕见地学会了等待,一等就是两年。两年的时间把乔治·桑的耐心磨得像一张宣纸,很薄,但始终没破。

再见时已经是1838年。那一天失恋的肖邦神情忧郁地伏在钢琴上,指间随意地流出一串哀婉的音符。乔治·桑默默地站在他身旁,一眼就看出他的心空了。曲终时,四目相视,她弯下腰来,将嘴唇压在他的唇上——她毫不犹豫地推开了他虚掩的心门。他吃了一惊,没有热切地回应,却也没有反抗。

很快,他们的恋情成为全巴黎酒余饭后一个滚烫的新话题。

肖邦的肺结核迟迟未能痊愈,而乔治·桑的儿子莫里斯的风湿症也越发严重,遵照医生的嘱咐,他们决定带着两个孩子一起到马略卡岛过冬。漫长的旅程没有让他们沮丧，因为他们在热切地期待着西班牙的灿烂阳光来驱走身上的病痛，为他们忐忑的新恋情暖居。可没想到这次本想作为蜜月的旅行却成了一场灾难。当地笃信基督教的居民，对婚姻外的男女之情心生排斥，乔治·桑一行四口竟然无法找到一家合宜的旅馆，最后只能栖身于一处废弃的修道院。修道院的房间潮湿阴暗，肖邦的肺病越发严重，他们只好提前返回巴黎。

这次的马略卡之旅并不完全是噩梦，它至少给后世留下了两样不朽之物：一本叫《马略卡的冬天》的书和一架留在马略卡的钢琴。这架沾着肖邦指印和叹息的钢琴，在将近两个世纪之后的今天，已经成为马略卡居民最骄傲的拥有物。当然，他们早已淡忘自己祖先当年对肖邦的不敬。

回到巴黎，乔治·桑和肖邦开始了八年的同居生活——这在乔治·桑晴雨无常的情感时间表里，是一个几乎和永恒等长的时段。他们在巴黎和诺昂各住半年，这边过冬，那边消夏。在诺昂乔治·桑故居，我有幸见到了一些他们当年使用过的旧物。故人已逝，乔治·桑早在生前就销毁了肖邦给她的大部分信件，旁人的记忆支离破碎，和风尘女子一样靠不住。或许只有这些留着他们指纹的旧物，能向后人透露些许斑斑驳驳的真相。遗憾的是，故居内部不许拍照，我没能给那些遗物留下属于我个人的永久画面记忆。

乔治·桑很少在衣装上花钱，但她很早就在诺昂的庄园里装置了二十四小时的热水供应系统。在家家户户都还为每日取暖的燃煤焦虑的年代，这是一种何等超前的奢华——可是她愿意为家人和客人的舒适一掷千金。在乔治·桑的厨房，我看见了挂满一整面墙的铁锅，各种尺寸，各样形状，各类用途。可以想象，乔治·桑和她的厨子为了款待客人，是怎样精细地操持着一日里的三餐。乔治·桑的厨房只是里子，她的餐厅才是面子。餐厅的天花板上，吊着肖邦从威尼斯专程购置的珊瑚色玻璃顶灯。精致的镂花亚麻桌布上，摆着上好的威尼斯杯盏，客人名牌上有这样一些名字：屠格涅夫，大仲马，巴尔扎克，福楼拜，李斯特，德拉克洛瓦，甚至拿破仑的幼弟热罗姆·波拿巴……当威尼斯吊灯在餐桌上洒下温润的柔光，交错的杯觥间睿智的灵魂开始发出激烈的碰撞，满屋飞扬着绚丽的智慧火花——这是何等辉煌的一次次思想盛宴啊！在焦虑浮躁的当今，这样的盛宴已经永远地成为史书的一个篇章。

庄园底层有一个小小的木偶剧场，那里常年上演着各式木偶剧。乔治·桑的木偶神情逼真，服装道具精细至极；

连头发都是从真人身上选取缝制而成，深沉的黑，耀眼的红，灿烂的黄，还有这三样基色中的各种过渡色，根据剧情的变换而变换。楼房二层中间是一条长长的走廊，隔开了两侧的卧室，一侧是乔治·桑和她的孩子们的房间，另一侧是一连串的客房，永远铺着新洗的泛着薰衣草香味的床单，随时恭候着来到诺昂小住的宾客。楼梯拐弯处是肖邦的琴房，门上钉着一层厚厚的隔音材料。据说只有乔治·桑的儿子莫里斯，可以随时进出这间房子，打断旷世奇才的音乐狂想。只可惜，日后他们竟成了冷眼相看的陌路人。肖邦的卧室里有一扇门，可以直接通往乔治·桑的床。在他们关系恶化之后，乔治·桑让人钉死了这扇门，通往两具躯体两个灵魂的通道，从此永久关闭。

世人对于肖邦在诺昂的日子，有过千百种版本的猜想。无论那些版本彼此相隔得多么遥远，有一点是相通的——音乐诗人孤独漂泊的灵魂，曾经在那里找到过栖身的港湾。肖邦流传下来的旷世曲作中，大部分都创作于那段日子，包括那首举世闻名的波兰舞曲《英雄》。诺昂是肖邦生命中的天鹅绝唱，离开乔治·桑之后，肖邦的琴键和手指同时锈涩，再也无法弹出曾经荡漾在诺昂乡野的灵动乐章。在巴黎浪漫生活博物馆里，我看到了两只手模：乔治·桑的右臂和肖邦的左手。这并不是我想象中的艺术家之手,都不纤细修长,骨节和筋络明显——那是时代和情感的双重动荡在上面留下的斑驳印记。那两只手相携的时候,巴黎发生了一次小小的宇宙爆炸。隔着一百多年的时光和一层厚厚的玻璃,我把手放在他们的手上,心里不由地涌上淡淡的哀伤——两个天才的相遇,就像是两颗行星的相撞,对赏景的人来说是何等绚丽的千古奇观,而对他们自己来说,却是何等粉身碎骨的一场毁灭啊!

肖邦的作曲过程是一阵疾风暴雨,思维的地平线上布满各种情绪的天象。这过程里所有的人都被挡在门外,包括乔治·桑。

乔治·桑记录了这样一个夜晚:

> 肖邦伏在钢琴上,完全不在意是否有人在听。他开始了一段随心所欲的即兴弹奏,然后停下来。"继续,继续啊,"德拉克洛瓦喊道,"这不是结尾!""这甚至不是开头。什么也出不来……只看见些游走的倒影,影子,形状。我想找到一种相宜的颜色,可是我连轮廓也找不着……""你不可能只单单找到一样,"德拉克洛瓦说,"颜色和轮廓会一起出来的。""要是我只能找到月光,那会怎样?""那么你就能找到光影的反射。"德拉克洛瓦的这个想法似乎满足了这位神圣的艺术家。他又开始弹

奏……随着我们耳中舒缓起伏的音乐声，宁静的颜色渐渐显露。突然，蓝色的音符凸显了出来，夜色随之将我们包围，湛蓝的，透明的。薄云展开奇异的形状，遍布天穹。被云彩环绕的月亮洒下大大的乳白色光晕，将沉睡的颜色唤醒。我们梦想着一个仲夏之夜，坐在那里等待夜莺开始歌唱。

我曾看见过一幅德拉克洛瓦所作的油画，画面的一半是肖邦，另一半是乔治·桑。肖邦在弹钢琴，形容消瘦，目光深沉而忧郁。乔治·桑在缝衣，纫针的手势熟稔流畅，仿佛经过千百次的操练。肖邦的指下看不见音乐，音乐藏在乔治·桑低垂的眼睛里。那个瞬间乔治·桑脸上流溢着一丝极为罕见的妻子式的柔顺温软——那是一头被温情暂时驯服的母豹。其实裂缝已经在他们的脚下生出，正慢慢地朝着他们的心灵扩展。后来我才知道，这幅画是后人根据德拉克洛瓦画作的两个裁片以及他最初的铅笔草图想象完成的拼件。德拉克洛瓦的确为他们创作了一幅油画，这幅画打破了几个世纪以来肖像画家圈中不成文的静态法则，呈现了人物各自的动态和彼此的互动状态。可惜出于某个不为人知的原因，这幅画最终未能完成，它在最后阶段的真实面目，始终没能流传于世。

这幅未竟之作在德拉克洛瓦身后落入一位收藏者手里，被割锯成了两半，据说仅仅是为了一个简单而愚蠢的原因——那位鼠目寸光的收藏者认为两幅小画的价格会超出一幅大画。经历过分割手术之后，这幅画属于肖邦的部分只剩下一个比头像略大些的胸像，而属于乔治·桑的部分尺寸稍微大些，肢体动作得到基本完整的体现。原先的画布尺寸远远超过这两块裁片的整合，也就是说，分割之后的画面丢失了大片后世永远也不可能知晓的内容。如今这幅画的肖邦部分，还有那张铅笔草图，都存留在巴黎的卢浮宫，而乔治·桑的部分却远在哥本哈根的奥德罗普格园林博物馆。这幅画的创作时间大约在1838年，当时的德拉克洛瓦正处于创作生命的巅峰，没有东西可以逃得过他的眼睛。他用色彩和光线，照相机一样准确地记录了乔治·桑脸上的甜蜜。只是不知他冥冥之中是否已经预测到这幅画后来多舛的命运？画的命运似乎替画中人的命运作了一个虽然迟来却十分合宜的注解：乔治·桑与肖邦的相遇相知是注定的，就如同他们的相离一样。

肖邦的肺结核一季比一季严重，惊天动地的咳嗽声震得诺昂庄园的天花板唰唰地掉着渣。乔治·桑身上旺盛的情欲之火很快完成了焚烧的过程，变成一堆温热的余烬。她用照拂过于勒和缪塞的手，照拂起精神和躯体上都同样敏感孱弱的肖邦。她称他为她的"第三个孩子",说他"是个最反复无常的人。除了咳嗽,身上没有一样东西是固定不变的"。她对母亲和私人护理角色的腻味,已经略见一斑。

但这还不是她和他分手的原因。

在他们同居的日子里,乔治·桑的孩子们于不知不觉中长大,于是便有了四个成人同居于一片屋檐下必然会产生的摩擦。莫里斯自视是杜邦庄园的男主人,肖邦的长者尊严开始有了边界。而索朗日与一位在乔治·桑眼里纯属骗子和流氓的艺术家奥古斯特·格莱辛格的秘密婚约,使乔治·桑怒火中烧,最终把女儿驱出家门,肖邦却一直与索朗日保持着良好的关系。失去理智的乔治·桑曾一度认为肖邦移情别恋,爱上了自己的女儿。他们之间的裂痕,渐渐浮上表层。肖邦曾说过这样的话:"我从未诅咒过任何人,然而我现在对生活是如此的厌倦,我几乎想诅咒她(乔治·桑)。但她也在承受痛苦,而且比我更多,因为她在越来越邪恶的过程中老去。"

更致命的一击来自乔治·桑于1847年发表的一部名为《卢克雷齐娅·弗洛利亚妮》的小说。这部小说的男主人公是一位来自东欧身陷重病的公子,而女主人公是一位比他年长六岁一直像母亲一样照顾他的过气演员。肖邦毫无悬念地读出了自己在乔治·桑心目中远非美好的形象。

以上只是世人根据当时发生的一系列事件所作的猜测。这些事件毫无疑问都是导致他们最终分手的原因，但人们忽略了一样至关紧要的东西。这些事件只是一些零散的碎珠，只有一样东西称得上是一根绳索，能把这些碎珠串连成循序渐进合情合理的推断。这样东西就是两人天生气质上的重大差异。从本质上来说，肖邦是一条敏感而忧郁的溪流，任何一阵最微弱的风，一片最轻的落叶，一粒肉眼所无法察觉的流沙，都可以让这条溪流生出伤感的涟漪。乔治·桑却是一把火，旺盛的生命力一路燃烧，把所经之地熊熊点燃。水和火相遇之初，彼此都有一股猎奇的征服欲望，而随着时间的推进，不是水浇灭了火，便是火烧干了水。在他们的故事里，水最终在火中消陨。

1847年，肖邦和乔治·桑彻底决裂，从此他再也没有回过诺昂。两年后，当贫困潦倒的肖邦躺在病床上，为最后一口呼吸艰难挣扎时，他对友人提及乔治·桑。他说她曾经答应我死在她的怀抱里的啊。这句话让我潸然泪下。人们谈及承诺，往往第一个想到的就是婚约——那是关于如何处置生命的约定。很少有人会为如何处置死亡立约，然而乔治·桑就是那少而又少的人中的一个。关于死亡的承诺和关于生命的承诺有着几乎同等的重量。生死两隔，我们再也无法还原当时的情景，我宁愿相信乔治·桑是认真的：她给了自己深深爱过的男人一个关于死亡的郑重承诺，尽管这个承诺由于一个我们永远无法真正了解的原因，最终没能兑现。

1849年10月17日凌晨，音乐诗人肖邦带着对故国的深切怀想离开了人世，临终前他吩咐姐姐一定要把他的心脏带回波兰埋葬。而就是那位在乔治·桑家中制造了无数风波的雕塑家奥古斯特·格莱辛格——此时他已成为乔治·桑的女婿，为肖邦的遗体制作了手模和脸模，并为他创作了一具音乐女神欧忒耳珀的大理石雕像。雕像里的欧忒耳珀是个年轻优雅的女孩，低垂着头在为一把破碎的七弦琴流泪哀伤。这座雕塑如今矗立在位于拉雪兹公墓十一区的肖邦墓碑上，被后世反复瞻仰。

三千多人冒着寒风参加了肖邦的葬礼，其中没有乔治·桑。

文采
一个几乎为人忽略的事实

在查寻乔治·桑生平资料时,我惊异地发现了一个事实:尽管乔治·桑戴着一顶"法国十九世纪浪漫主义代表作家之一"的桂冠,但几乎所有的介绍文章,都没有在首要篇幅里谈到她的写作。她数以百计的作品,只有寥寥几部被介绍进与她的母语法语相近的英语市场。人们更为关注的一直是她色彩斑斓的情史。人们对她私生活的窥探欲,并没有因为时光的流逝而变淡。乔治·桑身上的衣装过于绚丽,以至于迷了人眼,使得人们忽略了衣装包裹下的灵魂,以及这个灵魂在世上留下的不朽文字。我也未能脱俗,只能在浓妆重彩的八卦野史之后,对她的写作作一个反高潮式的肤浅推介。

1832年,乔治·桑出版了平生第一部独立完成的小说《安蒂亚娜》。这本书的主人公,是一个在沉重的婚姻枷锁里挣扎呻吟,急于逃离家庭束缚的女子——乔治·桑似乎根本没想掩饰女主人公和她自己的相像。写作此书时，乔治·桑刚刚从和杜德旺男爵的婚姻中解脱出来。长达九年的积怨，此时汇成一股尖锐的气流，借着她的文字横冲直撞，将一切横亘在它面前的阻碍击打得粉碎，婚姻制度首当其冲。在乔治·桑的语言里，婚姻制度不过是与奴隶制的人身占有相仿的"灵魂占有"而已。

《安蒂亚娜》引起的巨大关注震惊了巴黎文坛。其实最为惊讶的莫过于乔治·桑本人。在给一位老朋友的信中，她说："《安蒂亚娜》的成功使我不知所措。直到现在我都一直以为我的写作是没有重要性，也不值得引起丝毫关注的。可是命运偏偏不这样安排。我必须去证明那些我不配得的赞赏是有道理的。"

当最初的震撼渐渐平复，巴黎文坛恢复了惯常的势利和冷漠，人们开始怀疑《安蒂亚娜》不过是那个衣着怪诞的女人无以为继的突发奇想时，乔治·桑很快写出了她的第二本小说《瓦朗蒂娜》。在那以后的三年时间里，她接连发表了《莱丽亚》等六部小说。每一部小说里都有一个不自由不幸福却渴望自由渴望幸福的女人。这个基调像一条显眼的黑绳索，商标似的贯穿了她以后的所有创作。她声嘶力竭地呼喊着女人对身体和灵魂的绝对自主权：

人们认为把妇女问题中最神圣的东西——妇女在社会和道德秩序中没有话语权——当成儿戏是非常正常并情有可原的。我庄严地起誓——这是我生命中最首要的勇气和野心所在——我一定要通过我自身和我的写作,把妇女从卑微的地位中提升出来,上帝会帮助我的!……让女奴社会也产生自己的斯巴达克斯吧。不在奋斗中成功,便在奋斗中消亡。

乔治·桑至死也没有停止过这样的呐喊。但直到她逝世七十三年后,她的呐喊才得到了一声响亮的回应——1949年,同在她的国土上,一个叫西蒙娜·德·波伏娃的女人,发表了一部名为《第二性》的著作,再次掀起了一阵女权的滔天巨浪。这一次,风暴席卷法国,波及全世界。

乔治·桑的好奇心像八脚章鱼,一不留神,就爬到了政治上。乔治·桑在政治上是个头脑冲动、意识模糊的理想主义者。她为建立1848年的临时政府起了很大的推动作用,却不肯在其间担任任何职位;她穷其一生为妇女权益呼吁,但面临普选权的议题时,她却把废除婚姻的重要性放置于参政权之上——她认为只要妇女还被婚姻关系捆缚在男人的管辖中,就绝不可能成为真正自由的政治思想家；她热切地渴望着革命，当大革命携裹着腥风血雨正面袭来时，她却飞快地逃回诺昂的窝巢。她写了为数不多的几本社会问题小说，如《安吉堡的磨工》，却最终放弃了继续尝试。对革命和对新政权的失望如同一把锉刀，磨平了她的政治触角，从此她不再涉政。

肖邦之死，带走了乔治·桑对男人的所有欲念和渴想，他们不再占据她生命的天幕。激荡的情感漩涡消失了，生命的河流呈现出一派祥和的安宁。四十五年的人生阅历，此时正像窖藏得恰到好处的波尔多红酒，在她的小说里发出甘醇的清香。她的心在诺昂找到了一个静好的归宿，她开始了创作生涯中最成熟的一个阶段，写出了以《弃儿弗朗索瓦》《小法岱特》为代表的一批田园佳作。

追溯乔治·桑写作的源头，最初的动机只不过是为了挣几个维生的铜板。从为生存而写作，到为生命而写作，这是一条何等漫长的路，她一走就是四十多年。当她最终走进世界文学的殿堂时，已经没有人记得她最初的卑微动机。就像一个出身低贱的女子，为了生计随意嫁了一个男人，等到子孙满堂家业兴旺，不再会有人质疑她当初嫁人时的一己私心。

和她十分混乱的感情生活不一样，乔治·桑终生保持了一贯的写作习惯。她过了半夜才开始写作，一直写到清晨,几乎天天如此,用母马一样的精力,推出了一部又一部的小说和剧作。据说她如果在夜里一点钟完成一部作品,绝不会上床休息,而是立即铺开一页新纸,开始写另一部小说。这就是为何几乎每一年,法国文坛都会见到她的一部新作。

然而写作并不是她生活中的全部内容。从来不是。这个具有钢铁般强壮体魄的女人,其生活天幕中充满了各样奇异的云彩。在写作和睡眠之外的每一个空隙里,她尽情地享受着男人、社交、儿女、大自然、音乐、绘画等带给她的快乐。在诺昂的故居里,我看到一把乔治·桑使用过的竖琴——那是她终身喜爱的一样乐器。在巴黎的浪漫生活博物馆,我看到几幅乔治·桑用自己调试的一种独特颜料画的田园风情图,技艺之精湛令人叹为观止。很遗憾在后世关于她生平的介绍中,几乎无人提及她的画艺。

在诺昂生活的日子,户外活动成了乔治·桑一天的重要内容。儿时学会的骑术使得她可以像男人一样驰骋在原野上,感受风和速度在脚下的力量。她认得乡野小路的每一道弯,叫得出村里每一条狗的名字,说"每每看见一头金龟子,就一定会狂追不已"。她曾经描述过这样一次乡间散步的经历:有一天她经过一条溪流,被风在水面上形成的涟漪吸引,便毅然穿着全身衣装涉水而行。那一天，她在水陆交替中走了整整十二英里路，归程时身上的衣服才被太阳渐渐晒干。乡野生活中的唯一遗憾，是年少时村里的玩伴，已经没有人能赶得上她的步伐。

乔治·桑对法国十九世纪的最大贡献，不在于她的小说，也不在于她的剧作，而在于她为它提供了源源不断的新鲜争论话题——她从来没有让她的同时代人失望过。与乔治·桑年岁相仿的雨果在谈起乔治·桑时，说了这样一段话："在这个全心投注在完成法国革命和开启人类革命的年代里，两性的平等是人类平等的一部分，我们需要一个伟大的女性。女人必须证明——除了具备我们男人所具备的一切品质，她还不能丢失自身天使般的特质——她可能是强壮的，而又保持了本身的温柔。乔治·桑就是一个明证……她遗留给我们以天才妇女为明证的妇女权利……革命由此完成。"

而比乔治·桑年轻十七岁的诗人波德莱尔却对她口吐恶言："她愚蠢，沉重，饶舌。她对道德的看法，具有与清洁女工和风尘女子一般的思想深度和精致情感……爱上这么个荡妇真是这个时代男人水准低下的确凿证据。"

当我们阅读这两个版本的评价时，恍惚间产生一种错觉：这两位在后世眼里的文学巨匠，谈论的究竟是同一个人吗？然而，如果我们的目光仔细扫过乔治·桑七十二年的人生之旅,其实不难理解,无论哪一个版本,描述的都是真实的乔治·桑。她就是这样一面多棱镜,身上聚集了上帝创世时分派给每一个人的所有的零星特质,而且把每一样都拉扯到了极致。走进她生活的人,要么全然接受她的光鲜和瑕疵,如雨果、巴尔扎克和成为她忘年交的福楼拜;要么恨她至死,永无改变之时,比如波德莱尔。中间再无灰色地带。

1876年6月8日,乔治·桑在诺昂家中的"蓝色卧室"安然辞世,世上关于她的各种嘈杂声响,从此不会再刮入她耳中。其实,即使在她活着的时候,也从未受这些杂声困扰,因为她天生具有一副伟大的耳朵,只聆听天籁。

灵魂

安息在诺昂

在乔治·桑离世一百三十七年后的某个春日,我走进了诺昂镇的杜邦庄园。那天天气在耍着乔治·桑式的脾气,时而阳光灿烂,时而细雨蒙蒙。郁金香已经开败,绿草却在疯长。走过草地,鞋袜被水珠湿透。放眼望去,四野极为安静,没有犬吠,也没有牛羊啃食青草的细碎声响。视野里没有农人和马夫,我无法还原多次在乔治·桑小说里出现过的田园风光。眼睛久为红尘所蔽,也难以察觉小径深处游人未及涉足之地,乔治·桑和她的孩子们存留下来的足迹。我信步走到庄园深处杜邦家族的墓地,只见一堵高墙,一把生锈的铁锁,远远地隔开了我和那个旷世奇女子的栖身之地。

这个在人们舌尖上生活了两个世纪的女人,其实一直没有得到真正的安宁。2004年,法国政府就她的遗体归宿之事，展开了一轮激烈的口水战。一些知名人士提议将她的遗骸从诺昂镇迁至先贤祠，与伏尔泰、卢梭、雨果、左拉、大仲马等文学巨匠一起安葬。这个提议遭到诺昂镇所在的贝里区居民们的坚决反对。没有乔治·桑的诺昂，不再是诺昂；而没有诺昂的乔治·桑，也不再是乔治·桑。乔治·桑和诺昂已经成为不可分割的一体。来自家乡的愤怒呼喊遏制了迁葬者的脚步，乔治·桑最终没能进入先贤祠的殿堂。也好，就把先贤祠留给那些喜欢热闹的人吧，反正先贤祠缺了乔治·桑，依旧明珠璀璨，倒不如就让乔治·桑继续留在她梦魂萦绕的诺昂。

走在暮色苍茫的归途中，周遭的一切都渐渐变得边角模糊，形色暧昧。我突发奇想：上帝在创造乔治·桑的时候，一定是不留神服食了一帖兴奋剂。穷尽世界上所有的语种，恐怕也很难找到一个形容词，能够贴切地定位一个如此不安分如此复杂多变的灵魂。不知还要花费多少个世纪，人类才能再次见证一回如此精彩奇妙的创造？

2012年8月24日于多伦多